传播新知 优美表达

[日]濑尾麻衣子——著
青青——译

夏日的体温

春风文艺出版社
·沈阳·

图书在版编目（CIP）数据

夏日的体温 /（日）濑尾麻衣子著；青青译 .
沈阳：春风文艺出版社，2025.1. — ISBN 978-7-5313-6912-7

Ⅰ . I313.45

中国国家版本馆 CIP 数据核字第 202493WK25 号

NATSU NO TAION
©Maiko Seo 2022
All rights reserved.
First published in Japan in 2021 by Futabasha Publishers Ltd., Tokyo.
Simplified Chinese translation rights arranged with Futabasha Publishers Ltd.
Through Rightol Media Limited

春风文艺出版社出版发行
沈阳市和平区十一纬路 25 号　邮编：110003
清淞永业（天津）印刷有限公司印刷

选题策划：王会鹏	特约编辑：裴　楠
责任编辑：韩　喆	助理编辑：刘世峰
责任校对：陈　杰	封面设计：任展志
印制统筹：刘　成	幅面尺寸：145mm × 210mm
字　　数：100 千字	印　张：6.5
版　　次：2025 年 1 月第 1 版	印　次：2025 年 1 月第 1 次
书　　号：ISBN 978-7-5313-6912-7	
定　　价：42.00 元	

图书邮购热线：024-23224481
版权所有　侵权必究　举报电话：024-23224081
如有质量问题，请拨打电话：024-23224481

目 录

187　097　001

穿过阴云花季　魅惑恶人备忘录　夏日的体温

夏日的体温

1

光是今天就已经来了三个人。进入暑假后，短期住院的病人也多了起来。

游戏室迎来一位神色不安的母亲，以及一个身形两岁左右的小女孩儿。不过，小女孩儿的实际年龄应该要往上两岁，四五岁的样子吧。她紧紧握着母亲的手，眼里噙着泪水。母亲一直安抚说"没事没事"，但表情十分僵硬。

未免太夸张了吧，在这里住院根本没什么好怕的。上午吃药、打点滴，抽几次血，下午玩一玩就过去了。更重要的是，待个三天就能回家。而且，不管检查结果如何，都不会严重到要做手术或者长期住院的地步。

话虽如此，但初次住院难免会紧张吧。毕竟还是个幼儿园小朋友，也是没办法的事情。

我从塞满各式玩具的大箱子里抽出一个玩具收款机。不论男孩儿、女孩儿,不同年龄段的小孩儿都喜欢这种玩具,而且只要装上电池就能运转,是这个游戏室相对稀有的一款玩具。我把玩具收款机放到女孩儿面前,把过家家用的苹果、鱼之类的道具拿起来扫了扫,收款机发出了"滴"的提示音,小女孩儿当即睁大了眼睛。她的神情在来医院的不安与对玩具的好奇间来回摇摆。好,再来一针强心剂。我按下结算按钮,玩具立刻响起欢快的音乐,小女孩儿一动不动地盯着母亲的脸,示意自己很想玩这个玩具。

"给你玩吧。"

我把过家家用的苹果道具递给她,并将收款机挪到小女孩儿面前。她连忙拿起各式道具放到收款机前扫描起来。

"谢谢小哥哥!"

小女孩儿的母亲朝我深深鞠了个躬。

"不客气。"

我朝她微微笑了笑,接着坐到了游戏室靠窗的椅子上。

眼下才九点多，漫长而没有尽头的一天又开始了。

这是一家五年前改建的县立医院，设备很新，走廊上铺有地毯，窗户也很大，看上去跟酒店一样气派。儿科的住院大楼分为东栋和西栋，重症患者一般住在西栋，东栋大多是一些像我这样需要留院观察或是需要住院检查的孩子。

东栋设有一间供住院儿童玩耍的大型游戏室，里面像教室一样宽敞，而且十分整洁。墙面镶有很多窗户，光线十分明亮。里面还放有一些桌椅，靠里的区域铺了一些软垫，供一些年龄较小的孩子玩耍。因为病房太过狭小，除了吃饭和治疗的时间，大家基本都会来这里玩。因为这里是整个医院离外面最近的地方，我也几乎每天都在这里度过。

我已经在医院住了一个月零七天。小学三年级黄金周刚过，我的腿上莫名地出现淤青，而且不止一两处。起初我以为是自己的错觉，但淤青迟迟不见消退，我也没有撞到什么地方，妈妈觉得奇怪，于是带我去附近的医院检查。可小医院查不出原因，我们辗转看了几个地方的儿科，最终来到了这家医院。因为要做骨髓检查和血液检查，入院的前两个星期，我暂时住在西栋。检查后发现是因为血小板太少，我从七月初开始要吃药观察，于是又转到了东栋。

东栋的气氛没有西栋那么沉重。在西栋时常能看到一些身上安着仪器、浑身无法动弹的小孩儿，以及一些被匆忙推进来的新生儿，连三年级的我看到后，都会下意识地闭上眼，默默祈祷"请一定要救救他们"。相比之下，东栋完全感觉不到死亡的恐惧感。

这家医院是县里唯一一家专业儿童内分泌科医院，来这里的孩子大多不是因为生病，而是因为身材矮小的问题前来接受检查。尤其到了暑假，这里净是一些住院检查的孩子。

我来东栋已经三个多星期了，前后见过二十多个因患有矮小症前来做检查的孩子，所以我也慢慢熟悉了他们的检查流程。

患有矮小症的孩子一般要住院三天，其间要接受核磁共振成像检查，并在吃药后每隔几十分钟抽一次血。医生需要根据激素的分泌情况来判断是否可以治疗。不过，这类孩子检测出可治疗值的概率似乎很低，有些孩子甚至要来复检好几次。

但这些检查只是为了确认疾病是否可以治疗，[①]而不是为了诊断是否患有其他疾病，所以不会有太大压力。而且检查只在上午进行，下午可以自由活动。空闲的时候，大家基本都会来游戏室玩。然后，只要熬到第三天下午就可以出院，过程非常轻松。但住院这件事对孩子和家长来说似乎都是一件难事，每个人进来时，脸上都挂着无比担忧的表情。

起初我会打心底感到恼火，甚至会暗暗地鄙视他们——不过是住院检查而已，没必要把气氛搞得这么沉重吧，我住院的时间可是你们的几倍。抽血也没什么好哭的呀，不信你们来试试骨髓检查。等你们真的生病，就知道是什么滋味了。所以我会故

---

① 译注：矮小症的发病原因复杂，主要原因有生长激素分泌不足、软骨发育不全等，其中生长激素分泌不足需要通过多次抽血化验才能确诊。部分原因诱发的矮小症可通过注射生长激素治疗（例如生长激素分泌不足），但部分无法治疗（例如骨骼相关疾病诱发的矮小症）。

意霸占游戏室里的玩具,或是故作惊讶地嘀咕:"哇,好矮。"

但还没过十天,我就玩腻了。恶作剧真的很无聊,不管我怎么费尽心思攻击他们,对方也只是待上几天就回家,即便对他们造成了伤害,最终惨败的也还是我。

接着我开始尝试博取大家的同情。我会故意在他们面前咳嗽,或是装作很难受的样子,嘴里小声嘀咕"好想快点出院哪"之类的。看到我这个样子,大人和小孩儿都会投来充满歉意的眼神。这招比任何攻击方式都有效,但没玩三天我就放弃了。因为"你没事吧"这种话听多了后,我会产生一种真的很难受的错觉,我可不想再经受一次骨髓检查。

我只是对那些能很快出院的家伙感到恼火,本质并不是什么坏人。如果非要选择的话,那我还是当个好人吧。神明大人也会保佑好孩子早点出院吧(虽然神明大人不一定有那么强大的力量)。所以,最近我主动承担起了儿科东栋的日常引导工作。

可能因为患有矮小症的孩子只需要留院检查三

天,大家都十分被动,从来不会想办法让自己在医院过得舒服一些。我们既是患者,也是顾客,按理应该带着消费者的心态在医院接受服务。可大多数人是在紧张、局促和不安的状态下熬过的这三天。看来医生和护士给患者带来的压力十分巨大。医院是一个花了钱却不敢放下心来享受服务的地方。我也不例外,为避免护士阿姨因为心情不好抽血失败,导致后面还要多扎几针,我每次都是笑眯眯地迎接她们。

我望着正在忘我地捣鼓着玩具收款机的小女孩儿,对一旁坐立不安的小女孩儿母亲说道:"你们马上要做核磁共振成像检查了吧?我看第二个男孩子刚刚去检查室了,过一会儿护士阿姨应该会来叫你们。"

"这样啊,谢谢你呀,你对这些流程很熟悉呢。"

"是的,因为我住院时间长。"

听到我的回答,小女孩儿的母亲露出略显为难的微笑,说:"啊,这样啊……"

这家医院会在周一和周三收治患有矮小症的孩子,住院第一天上午会安排核磁共振成像检查,接受检查的基本都是三岁到小学一年级的孩子,所以他们一般要先吃安眠药,等睡着再进入机器。当天傍晚会在手臂上扎一根抽血用的管子。因为其间要抽好几次血,有了这根管子,抽血会更方便。在接下来的第二天和第三天上午,患者早上吃完药后,每隔二十分钟就要抽一次血。好在事先扎了管子,抽血不会很痛,但整个上午不能进食,这点非常难受。熬过第三天上午,检查结束,患者可以直接出院。基本就是这个流程。

住院期间,护士不会全程陪同,许多事情需要靠患者自己摸索。我早就习惯了这种状况,但刚来医院的人大多都不知道该做什么,整个人十分不安。要是能有个人告诉他们接下来会做什么,现在要做什么,他们会安心许多——这也是我在游戏室观察得出的结论。

"十点过后应该会有护士阿姨来提醒回病房吃药,在那之前,可以放心地待在这里玩。"

听完我的话,小女孩儿的母亲轻吐了口气,微笑着说道:"抱歉哪,是我太紧张了……"

"没事，不用在意哦。"

接着，她疑惑地歪头，问道："那个，小哥哥，你叫……"

我连忙回答："我叫高仓瑛介。"

"你真懂事，今年几岁啦？"

"八岁，正在上小学三年级。"

我如实地报上了自己的年龄和就读年级，这些必须要表达清楚。

"哦，这样啊。"

"是的。"

我点点头，下意识地拿起玩具望远镜，看向窗外。

小女孩儿的母亲问道："看到什么啦？"

"这只是个玩具，什么也看不到。"

"哦，这样啊。"

"但我还是想着，万一能看到远处的景色呢。"

"也是呀。"

小女孩儿的母亲感同身受地点点头，扭头看向女儿的方向。

我本想嘀咕一句"好想有个真的望远镜啊",但还是咽了回去。说太清楚的话,会给人一种刻意索取的感觉。我还是希望大人能察觉到我的喜好,并主动把这样东西送给我。

前来住院检查的孩子和父母有时会在出院后送我一些礼物,但大多是乐高、火车轨道之类的低龄儿童玩具,可能是根据自己孩子的喜好买的吧。如果非要送礼物的话,希望能送一些我喜欢的,这样对彼此都好吧。

所以,这次我明确地说出了自己的年龄,并委婉地暗示了自己想要什么。

我用玩具望远镜隔着紧闭的窗户看向室外,一成不变的景色在视野中蔓延开来。这家大型综合医院位于一处偏僻地段,窗外只能看到宽阔的停车场和稍高的山丘。听说今年夏天的温度创下新高,可我成天待在开有空调的住院大楼里,根本体会不到那种炎热的感觉。

2

"早上好。"

今天是八月四日,星期三。正当我翻看着游戏室里的日历,三园阿姨走了进来。

三园阿姨是这家医院的保育员,从上午九点到下午五点,她会一直待在游戏室或是保育室里,但她不会教我们什么,只是负责照看我们而已。她看起来五十多岁的样子,性格稳重大方,时常喜欢把"应该没事哦"挂在嘴边。

我每周要抽两次血,每次她都会对我说"马上就好啦,应该没事哦"。询问检查结果前,她也会说"嗯,应该没事哦"。为什么要加个"应该"呢?说到底,也还是不确定吧。不过,每当听到胖胖的三园阿姨用温柔的声音说"没事哦",我也会稍稍安下心来。虽然三园阿姨的那句"没事哦"前面加着"应该"

两个字，但我依然会认为那就是真的。

妈妈也时常对我说"没事哦"。我身上接连出现淤青许久不见消退的时候，妈妈先是带我去了附近几家医院的儿科，后来又去了隔壁市的儿科和某家大医院，最后又辗转到了这家县立医院。即便奔走了这么多家医院，她还是会不停地对我说"没事哦，没事哦"。但每当听到这句话，我都会对接下来要发生的事情感到恐惧。

刚来这家医院时，光是抽血就吓得我尖叫着想要逃跑。但等待我的还不只这些，我还要被注射麻药，进入检查舱接受骨髓检查。我的体质似乎很容易受到麻药和药物的副作用影响，每次检查都十分难受。用完药后，我开始变得昏昏欲睡，意识似有似无，身体无法动弹。折磨我的不是疼痛，而是恐惧。那种感觉就像是发着高烧，浑身轻飘飘的，完全不知道接下来会怎么样。我很想大喊"救命"，但怎么也使不上力，也没办法喊出声。一种说不清是困倦、乏力还是难受的感觉席卷而来，我的意识越来越模糊。我还能平安地回到这里吗——我带着这种不安逐渐失去意识，这种感觉最为可怕。

啊，我讨厌这样。回想起不停接受检查的日子，我不禁打了个寒战。好在这里是东栋，我不用再害怕了。只要血小板的数量升上去，我就可以出院了。没事的——我暗暗告诉自己。

这时，三园阿姨问道："你妈妈呢？"

"她今天有事，提前回去了，应该下午会过来吧。"

"这样啊，你妈妈真的很忙呢。"

三园阿姨说完，穿上了围裙。

妈妈平时会在九点多的时候跟三园阿姨打声招呼回家，中午再回到医院，然后一直待在我的病房里。最初住院的那段时间，妈妈一步也不敢离开医院，直到周末爸爸来替班。现在她上午时常会回家。反正白天有三园阿姨在，即便有什么情况，我也可以找护士阿姨帮忙。最近没有检查，妈妈没必要守在医院。

起初我认为妈妈回家是一种很自私的行为，我在这里过着无聊透顶的生活，她却可以时不时地跑出去，实在太不公平了。我生病已经很难受了，妈妈却撇下我一个人回家，简直无法理解。

但是，三园阿姨却劝妈妈，说："没必要一直陪着，你回去了瑛介也更轻松，不是吗？应该没事吧。嗯，反正我会待到五点，放心回去吧。"

三园阿姨是对的。我和妈妈一起在这里度过了那么长的时间，现在基本已经无话可聊。我也是等妈妈离开后才发现，原来两个人成天黏在一起是一件十分痛苦的事情。而且，妈妈出去的话，可以给我买一些医院小卖部没有的零食和玩具。妈妈现在每次回去脸上依然会带着歉意，我却非常支持她离开。

生病很难受，检查和治疗也很煎熬，但一个精力充沛的人被关在这里，同样是件痛苦的事情。这里的病房温度适宜、干净整洁，但空气不见一丝流动。好想去感受一下外面的空气，去摸一摸室外吹拂的风。毕竟我有着健全的四肢，会这么想也是理所当然吧。

"啊，丽华，早哇。今天是检查的最后一天

了吧。"

一个身材矮小的女孩儿跟着母亲一起走进了游戏室,三园阿姨热情地打起了招呼。那些周一入院的小个子今天可以出院了。

"嗯,再熬三个小时就行了。"

那位母亲如释重负地说完,似乎又害怕自己的言行会伤害到我,慌忙转移话题,说:"啊,那个,外面好像真的很热呢。"

"是呀是呀,听说昨天医院来了很多中暑的病人,以前可从没这么多。"

三园阿姨打开了游戏室的电视。电视里正在播放新闻,主持人正用充满紧迫感的声音说着"今年夏天温度创历史新高,为了您的安全,请尽量不要外出"之类的话。

"今年气候真是反常,昨天还突然下起了大雨。"

"是呀,下得非常大。"

游戏室里的另一对亲子也跟着加入了谈话。

有几个孩子上午就能结束检查,他们的左臂上依然留着抽血用的管子,但手已经能自由地把玩各种玩具了。明明管子刚扎进去的时候,他们还不敢随便挪动手臂,甚至嚷嚷着要拔出来,到了第二天,手臂竟然就能活动自如了,小孩子的适应能力真是强大。我也一样,早就把这里的生活当成了日常。但习惯后,无聊的日子仿佛看不到头,对此我也无可奈何。

"去年还很凉快来着,今年真是难熬呢。"

"是呀。"

"空调费也是一大笔支出呢。"

"没办法出去玩,休息时间也只能带孩子去商城转转。"

两位母亲一直在谈论天气。我们小孩儿虽然从不聊天气,但在这里待上几天也知道,这是最方便省事的话题。

毕竟大家只是在医院萍水相逢,不太好把握聊天的分寸。在这里聊起的话题不能太沉重,可能考虑到我在场,大家似乎在极力避免谈论外面的事情。这时候天气确实是个不错的选择,不用担心会伤害到谁,在场的人也都能听懂。今年夏天的反常天气更是为大家提供了丰富的聊天素材。

"这里有个玩具鼓哦。"

见两个小女孩儿在争抢玩具钢琴,我连忙从收纳柜的里侧掏出一个玩具鼓。

"那是我的!"

"我先拿到的!"

两人刚刚还争着要玩钢琴,这会儿却又抢起了玩具鼓。

"那这个呢?"

我又拿出一个玩具化妆台,结果两人都争着说"我先玩"。女孩子真是不讲道理。

"抱歉哪,我家孩子太任性了。"

"我家孩子性格也很要强。"

两位母亲说完,连忙提醒自己的孩子耐心排队,顺道还夸奖了我一句。

"小哥哥真是懂事呢。"

我一点也不懂事,我也一样任性。陀螺、游戏、动漫卡片……只要我说想要,一周内就能得到。

每次我说"好想回家""好难受""我受够了"的

时候，妈妈都会用温柔的声音安慰我说"是呀，很难受吧""再坚持一下哦"，然后会无条件地满足我的要求。

住院前，我想要的东西只会在圣诞节或是生日那天得到，如果我抱怨说"好难受"，妈妈会生气地责备我说"你怎么这么多名堂"。

当想要的东西都能轻易得到的时候，我也就失去了任性的机会。而且，不管妈妈给我买多少东西，我都不会再有那种如愿以偿的感觉。太容易得到满足真的是件可悲的事情。

"对了对了，有个大新闻。"

到了女孩儿抽血的时间，三园阿姨走到我身边说道。

"什么新闻？"

"听说今天傍晚会有个小学三年级的男孩儿来医院接受检查，跟你同一个年级哦。"

小学三年级，而且是男生。听到三园阿姨的小道消息，我用尽全身力气大喊了一声"太好了"。这可是个大礼物。

多数小孩儿会在三岁半体检的时候被查出身材矮小的问题，所以来医院检查的大多是幼儿园的小朋友。说来遗憾，我跟幼儿园小朋友根本没办法交流，我对开店游戏、《和妈妈一起》①还有面包超人一点也不感兴趣。

护士阿姨和三园阿姨都对我很好，陪孩子来医院检查的家长也都很照顾我。但他们只是出于客套，我跟他们在一起并不开心。

终于有机会可以尽情表达自己的想法，可以开心放肆地笑了。我突然想起小学课后和放假时的光景，要是在这里也能过上那种生活，那该多好哇。

"那确实是大新闻哪。可他要傍晚才来吗？"

大部分小孩儿是上午过来检查。我已经迫不及待地想见到他，可是竟然要等到傍晚。

"是呀，听说他已经来检查过好几次了，核磁共振成像检查已经做过了，今天傍晚过来也来得及。"

"这样啊。不过，只要能来就行。"

---

① 译注：《和妈妈一起》是日本 NHK 推出的一档幼儿教育节目。

谁也不想在医院久待,我却盼着那个男孩子早点来,这对他来说并不是什么好事吧。

"瑛介,希望你们能友好相处哦。"

"应该可以吧。那从傍晚开始我就一直待在游戏室好了。"

"啊哈哈,好哇。对了,那个小男孩儿的身高应该就跟小学一年级的学生差不多……"

见我一脸兴奋的样子,三园阿姨补充道。可能是想提醒我不要说出一些失礼的话吧。

"嗯嗯,没事,不管他看起来像个小婴儿还是像个老爷爷,只要是小学三年级的学生,我都会热烈欢迎的。"

我边说着,边收拾起了游戏室的玩具,准备回自己病房。我得回去准备点能跟那个小男孩儿一起玩的玩具。

电视还在继续播放着,刚刚主持人还一脸严肃地说着"今年的夏天可能会危及生命安全""请小心应对"之类的话,这会儿却又开始兴奋地讨论起哪个地方的温度最高。直播画面中,有一个人正穿着酷似鼹鼠的可爱吉祥物布偶装在巨大的温度计前跳着舞。这么危险的高温天气，里面的人真的没事吗？这时，有一名女性大喊："今天的气温达到了40.6℃！"鼹鼠吉祥物当即开始欢呼。40.6℃，待在这里根本无法体会那究竟有多热。那边说温度高到可能会使人晕倒，这边却有人穿着布偶装嬉闹。这个房间的设定温度跟六月底，也就是刚入院那会儿一样，依然是26℃。游戏室的窗户很大，但丝毫感受不到外面的温度。我也想去体验一下可能危及性命的炎热究竟是一种怎样的感觉。即将入院的那个男孩子知道这个夏天是怎样的吗？啊，我应该跟他聊什么话题？玩什么游戏呢？

  我们可以相处的时间不多，我可没闲情为这些事情紧张，必须要尽快跟他熟络起来。三天两夜，属于我的短暂夏天终于要开始了。

3

我回到自己房间，干劲满满地准备起了玩具，但整个过程耗费了不到十分钟。在医院里，时间观念也会变得混乱。距离傍晚还有很长时间，我决定在吃中饭前，先在医院大楼里逛逛。东栋只有三楼允许自由走动，这里共有十二间病房（301室到312室），其中有五个单间，其余都是四人间。现在大概住满了一半。我起初住的是四人间，直到一个星期前才转到了单间。

四人间分别用帘子隔开，空间十分狭小。妈妈那阵子在病床旁放了张简易的折叠床，每天晚上蜷曲在上面睡觉。她因为这个犯了腰痛，后来只好换成单间。不过，妈妈肯定是看我出院有望才决定换的吧。如果出院遥遥无期，单间的费用怕是难以承受。

单间比较舒适，里面不算特别宽敞，但配有独立的洗漱台和卫生间，还有一个小沙发。以前每次回病房后只能躺在床上，现在好歹能在房间里走几步。而且，看电视、玩游戏也可以放心地打开声音，这方面让人感觉非常自由。来医院前，我日常除了往返学校，还会去公园玩，回到家也可以看自己喜欢的电视，吃爱吃的东西。如今即便没有这些，我也熬过来了，习惯这东西真的很神奇。不，可能因为刚开始那段时间太难熬了，相比之下，现在这种日子已经算好的了。起初我要成天躺在床上打点滴，每天要接受各种检查，现在只要吃点药，一周抽两次血就行了。刚开始不知道是什么病，对未来充满了不安。现在终于弄清了病因，治疗方案也确定下来了，不安和痛苦也逐渐消散。

我来到楼层的尽头，重新折返，朝对面走去。其实不管我怎么来回，也走不了多远的路程，更消耗不了多少时间。可在医院实在无事可干，如果不在这每日一成不变的楼层里走走，时间更是难以消磨。

东栋最边缘的位置是我们常去的游戏室，往前一点是浴室和洗衣房，紧接着是病房，正中央设有一个护士站，对面便是楼层的入口。入口配备了自动门，但需要经过护士阿姨同意才能打开。穿过这扇门能看到电梯大厅，对面就是我最初所在的西栋。

西栋的入口处也设有一扇门，从远处看不清里面的情况。但一站在这里，我就会回想起西栋的光景。

那个身上装着嘀嘀作响的仪器、浑身无法动弹的小孩儿现在怎么样啦？沉重的大门那头不时传来哭喊声，里面在进行怎样的治疗呢？被医生匆忙用担架抬进来的小婴儿如今得救了吗？

现在依然有人在经受我当初那种痛苦，不，也许他们接受的检查和手术比我那时候还要难受。想到这里，我也跟着痛苦起来。冲进病房的脚步声、测量心率的电子声、担架经过时的嘈杂声……里面充满了各种令人不安的声音。

好想出去玩，好想早点回学校——突然觉得这么想对西栋的孩子有些残忍。我为什么要遭遇这些？

明明大家都可以自由地玩耍，好羡慕身边的同学和朋友。我也不知道自己生病但即将能出院这件事究竟算幸运还是不幸。我该仰望何处？该如何许愿呢？

广播通知说到了午餐时间，我回到病房，发现妈妈正在那里看着娱乐节目。我也是住院后才知道，白天，电视基本都在播放娱乐节目。

"午餐送过来了哦，不过我去便利店买了果冻，要不要吃？"

"嗯，要吃。"

我边坐到床上边回答道。跟上午一样，电视里依然在讨论异常高温的话题。我问道："外面每天都这么热吗？"

"嗯，热到人头晕。坐在车里都感觉要被烫伤了。"

妈妈说完，打开果冻的盖子，把它放到床上的小饭桌上。

"谢谢妈妈。"

跟刚住院时一样，不管是果冻盖子还是矿泉水瓶盖子,妈妈都会主动帮我打开。明明我自己可以做到,怎么来了医院反倒被当成低龄儿童对待了。

"明天有什么想吃的吗?"

"随便什么都行。"

"那我随便买点零食过来。"妈妈说完,打开从便利店买来的饭团,看向电视。我也拿起了筷子。

刚来医院的时候,妈妈总是一脸担忧地看着我,对我说"没事哦""加油哦""很快就能好"之类的话为我鼓劲。即便我状态好转,来到东栋后,妈妈也依然会对我说个不停。暑假前有老师来医院为我上过课,妈妈事后会找我了解详细情况,还会问我"出院后打算干什么呢""有没有不舒服"之类的。

但两个人每天待在一起,实在没有太多话可以聊。彼此待在同一个空间里,呼吸着相同的空气,没有什么事情需要特别报告,也很难再找到新的话题。慢慢地,妈妈习惯了这里的生活,也接受了我住院的事实,注意力也逐渐从我身上挪开。她有时看杂志,有时看电视,有时眺望窗外的风景。说来有些伤感,妈妈开始有余力做自己的事情,也不再寸步不离地守着我了。

不过这样一来,我也终于得到解放。别看妈妈好像和蔼可亲的样子,要是被她盯着,任谁都会受不了。

谁都没有错,我没办法怪罪任何人,既然不得已要在这里待着,那就只能积极面对。我和妈妈也开始逐渐适应这里的生活。

4

"下午好。"

傍晚接近五点的时候,我终于在游戏室见到了翘首以盼的小学三年级学生,他大概比我矮一个头。

"哇,小学生?"

那个男孩儿连忙走到我身边问道。还没等我点完头,他立刻做起了自我介绍。

"我叫田波壮太,正在上三年级。别看我很矮,其实我已经九岁了。"

"那个,我叫高仓瑛介,跟你一样,也是三年级学生,不过我今年八岁。"

这还是我第一次在游戏室失去主导权。听完我的自我介绍,壮太说道:"这是我第五次来这里接受检查哦!"

"这样啊。"

"是呀是呀，都已经确定长不高了，我妈还是不死心，说这是最后的机会了。"

壮太的母亲似乎也已经习惯了检查，她坐到游戏室角落里的椅子上，对壮太说道："真是的，小壮，别在那瞎说呀。"

"欸……五次了吗？好厉害！"

医生需要根据体内激素的分泌量来确定是否可以进行身高方面的治疗。如果分泌量不达标，那就只能过段时间再去检查。我遇到过好几个检查了两三次的孩子，但检查五次的还是第一次见。

"对吧，现在开始治疗也没多大作用了呀。反正不管怎么折腾，到头来还是小不点。"

"这样啊。"

我象征性地附和了一句。

"我之前都是去隔壁县的医院检查的，这家医院还是第一次来，里面真的好干净啊。"

"还好吧。"

"待着真是太舒服了，游戏室也很大。这里的饭好吃吗？"

本以为顶多相互做个自我介绍,谁知壮太像打开了话匣子,一直说个不停。可能因为这是他第五次来医院做检查吧,他的脸上没有一丝的紧张感,看起来十分健谈。相比身高,他更应该去检查一下嘴巴吧——我不禁冒出了这种想法。

"真是不好意思,这孩子天生爱说,实在是吵得很。"

壮太的母亲对我说完,满怀歉意地低下头,转而对我妈妈说:"抱歉哪……真让人头疼。"正坐在地板上看着杂志的妈妈连忙说:"没事没事,孩子开心就好。"

壮太的母亲看起来比我妈妈年轻一些,她简单地将头发束在脑后,身穿一件素色T恤衫,搭配一条短裤。来医院的亲子大多穿得很休闲。

壮太的母亲笑着对妈妈说道:"没想到能遇到同龄的孩子,真是太好了。"

妈妈回道:"我家孩子在医院也很少有机会能跟同龄人玩,他也高兴坏了。"

"哦,这样啊。"

听到妈妈说我很少有机会跟同龄人玩，壮太的妈妈似乎意识到我来医院不是为了做检查，她没有再说话，而是默默地望向窗外。

妈妈这时候应该回一句"我家孩子身体出了点问题，不过没有大碍，不用在意"吧。每当周围人意识到我不是来做检查的时候，她都是一声不吭，害大家都不知道该说什么。越是沉默，周围人就越是在意，直接告诉大家实情不就好了……不过，妈妈应该不是故意瞒着不说，也不是想通过装病来博同情，可能因为她有些羡慕那些只是来做检查的孩子和家长吧。

"哇，好厉害！瑛介，这些都是你的玩具吗？我可以看看吗？"

"啊，嗯。"

壮太已经开始对我直呼其名，毫不客气地拿起了我的玩具。来这里的孩子大多充满紧张和不安，平时都是我主动找他们说话，没想到有一天会有人主动来找我攀谈，这种感觉真是久违了。

"哇，纸飞机，你做了好多呀。瑛介，你太能干了。"

四个小时前,我在游戏室的大桌子上摆了很多玩具。里面有陀螺、卡牌、遥控赛车,还有最近刚买的小机器人,这些都是我十分宝贝的玩具,但壮太连看都没看,直接拿起了放在空盒子里的纸飞机。

"嗯,还好吧。"

"你知道这么多种折法呀。"

壮太逐一打量起里面的纸飞机。盒子里大约放了三十只纸飞机,是我转到东栋后,在病床上和游戏室里折的。因为在医院太无聊,周末爸爸来医院后,在网上搜索教程,陪我折了许多不同形状的纸飞机。

壮太边把我折的纸飞机摆到桌上边说道:"我们来玩飞纸飞机比赛吧!"

"啊,嗯,好哇。"

"我可以先选吗?哇,感觉每个都很酷哇!"

突然被人这样夸奖,我顿时心情大好,得意地说了句"还行吧"。

"决定了,我就选这个吧。前面钝一点的飞机能飞得更远。"

壮太拿起一只黄色纸飞机，站到了游戏室靠墙的位置。

"那我就……"

到底哪种能飞得更远呢？明明是我自己折的，我却毫无头绪。虽然费了很多心思把它们折好，但我从没有试着飞过。

"瑛介，快点啦。我六点要在左手上扎一根抽血用的管子，在那之前先抓紧时间玩几把。"

"啊，这样啊。抱歉抱歉。"

住院的这段日子，时间过得无比缓慢，我从未被催促过，也从未慌张过。是呀，时间其实稍纵即逝。住院前，我总觉得每天在被时间追着跑。我总是能跟小伙伴们一起发现各种有趣的事情，一起玩到天黑才匆忙赶回家。我突然想起时常跟小伙伴们一起游玩的那个公园。

"好，那我选这个吧。"

我拿起了一只红色纸飞机。

"预备，开始！"

壮太发出号令后，我们一齐把纸飞机飞了出去。最终我的纸飞机在领先大约一米的位置落下。

壮太抱着脑袋，说道："哇，输了。肯定是因为我手、脚比你短。"

"跟那个没关系吧。"

"有关系！小个子参加距离比赛绝对吃亏。"

"是吗？"

"因为腿长相差十几厘米，步幅也不一样啊。"

壮太站到我身边比起了腿的长度。

"怎么样……"

壮太一直抱怨自己个子太矮，我不知该如何回应。

即便回答说"个子矮点也没什么呀"也安慰不到他吧，因为他可能很在意这个问题。可如果说"矮个子更灵活呀"，他可能会认为我是在挖苦他吧。来医院前，我时常会不经大脑地调侃朋友"你跑得太慢了""你也太胖了"之类的。那时候从没想过要注意措辞。就在我思考这些的时候，壮太又说道："接下来开启第二回合对战！"

接着他挑选起了新的纸飞机。

"还要比吗?"

"这个都是比五次呀。"

"这样啊。"

"是呀是呀。那我接下来选一只细长点的吧。"

壮太将纸飞机拿到手里。

"好,我也选好了。"

这次我毫不犹豫地选择了最早折好的那只纸飞机。

5

我和壮太一起玩了十次纸飞机比赛后,接着开始折起了新的纸飞机。没过多久,到了壮太扎针的时间。因为他从明天开始要抽血,需要在手臂上扎一根管子。人们常说愉快的时间总是过得很快。果真如此。

"哎,明天见啦。"

壮太的语气里满是沮丧,对此我感到很是欣慰。

到了下午六点,广播里传来提醒吃晚餐的声音。我主动到护士站前的手推车旁取餐。其实护士阿姨会把晚餐送到病房,但我不想错过任何一个运动的机会。这里的餐点谈不上好吃,但我依然会十分期待每日的三餐和零食。

医院的一天十分漫长。这里每天都过着一成不变的生活，时间多到仿佛用不完。我可以在床上躺一整天，也可以看上一天的漫画，没有人会干涉。在这里不用做作业，电视和动画片也可以随便看。只要不离开这个楼层，干什么都行。但我还是要让自己的生活保持规律，否则，我怕自己会出问题——这是我转到东栋生活了三天后的感受。起床、吃饭、洗澡，这些平日习以为常的事情成了我唯一运动的机会。

"又是鲭鱼呀。"

我打开装有配菜的容器盖子，抱怨了一句。医院基本每三天就要吃一次水煮鲭鱼或者水煮鲷鱼。

"昨天不是吃的咖喱吗？"

"那咖喱既没有辣味，也没有甜味。"

"口味淡点对身体好哇。"

我吃起医院配的午餐，妈妈在一旁吃着从便利店买来的色拉。她中午吃的是我不喜欢的咸鳕鱼子饭团。可能是怕我羡慕，才故意选的我不爱吃的吧。我看妈妈吃着并没有特别香。其实我很想对她说："妈妈，你不用在意我，尽管吃自己喜欢的东西吧。"但我不知道这么说是否能减轻她内心的负担，毕竟我还只是个小学三年级学生。

吃完索然无味的晚餐，看了会儿电视，时间接近晚上七点半，到了我洗澡的时间。东栋设有浴室，每个人有三十分钟的洗澡时间。当天上午需要在浴室前的表格里填写自己计划洗澡的时间，低龄儿童一般会在傍晚洗澡，也只有我会选择七点半以后的时段。

八点一过，医院的灯光逐渐熄灭。漫长的白天过后，紧接着是漫长的夜晚。

晚上八点五十分，我穿着睡衣走出病房。妈妈事先在家里洗过澡，这会儿正在洗漱台前洗脸。

距离熄灯还有十分钟。可能因为大家都进房间了吧，整栋大楼一片寂静。为了完成每日的例行事项，我蹑手蹑脚地朝游戏室走去。游戏室会一直开放到晚上九点，但晚餐后基本没有孩子去那里玩。此时的游戏室漆黑一片。我没有开灯，摸着黑搬出收纳柜里的玩具箱，像往常一样做完"那件事"后，内心的焦虑也顿时得到些许缓和。

完成例行事项后，我刚打算赶回病房，身后突然传来说话声。

"哟，小瑛。"

"啊，嗯。"

我扭头一看，发现壮太正站在那里，他的手臂上扎着一根管子，外面用绷带固定着。

"那、那个……"

莫非我刚刚在游戏室的举动被他看到啦？我的秘密行动暴露啦？我紧张地窥探起壮太的表情。谁知他笑着说道："我刚刚洗完澡。"

"这样啊。"

看来他并没有看到我刚刚的举动。我安心地点点头。

"我忘了在洗澡名单上写名字，所以被放在了最后面。感觉在这里洗澡比家里还要舒服一点。不过，因为我只有一只手能活动，吹头发有点费时间。"

"是呀。"

即便只是随便冲个澡，三十分钟的时间也有点匆忙。因为在浴室要换衣服、吹头发等,有很多事要做。加上一直担心下个人会过来,压根没办法安心洗澡。

"小瑛住的是单间吧?好羡慕哇。"

傍晚还叫我瑛介呢,这会儿又变成了小瑛。

"是吗?"

"肯定啊,四人间只能在床上活动,都要运动不足了。啊,不过我长得比较紧凑,在床上也能运动。"

壮太咯咯咯地笑了起来。

"这样啊。"

我知道他说的紧凑是指自己个子矮小,只好含糊地笑了笑。

"九点谁睡得着哇,我平时都要玩到十一点的。"

"就是,我会在被窝里偷偷看漫画。"

"不会被骂吗?"

"应该不会吧,但护士阿姨进房间的时候,我会立马装睡。"

壮太愉快地说道:

"什么呀,听着有点像修学旅行呢。"

"修学旅行?"

"没错,我有个哥哥正在上初一,他小学参加修学旅行的时候,因为晚上偷偷聊天被老师发现,被臭骂了一顿。"

"这样啊。"

竟然能把医院的夜晚跟修学旅行的夜晚联系到一起,我还从没这么想过。不过这么一想,心里也好受了些。

"我也像你一样偷偷看漫画好了。"

壮太坏坏地笑了笑。

"千万别被抓到哦。"

"嗯,我装睡很在行,放心吧。那明天见哦。"

"嗯,明天见。"

明天,说出这两个字的时候,我的心也跟着雀跃了一下。明天也可以有人聊天。虽然眼下依然过着单调乏味、一成不变的生活,但此刻的我无比期待明天。

我朝壮太挥了挥手,回到自己的病房。此时的我正满心欢喜地期待"明天早点到来"。但很快我意识到一件事情,壮太星期五就要回家了。我所期待的"明天"不过只有区区两天。想到这里,我顿时像泄了气的皮球,心情一点点滑向低谷。

6

今天是八月五日,星期四。我一大早就要抽血。抽血一般在放有医疗器械和小床的处置室里进行。不知为何,父母不能陪同入内,小孩子时常在里面哇哇大哭。

我第一次抽血也吓得浑身发抖。在这之前,我只打过疫苗,从没有病到需要抽血化验的地步。抽血需要在手臂上扎一根很长的针,那种针比打疫苗的要长许多。针扎进去后,黑红色的血顺着管子一点点流出来。每次看到,我都会吓得缩成一团。但多抽几次后,我也就习惯了。其实冷静下来会发现,抽血并不会比打疫苗痛多少。

我把手伸到床上,边在心里默念"保佑我血小板升上去",边缓缓地闭上眼睛。

等我抽完血,妈妈要暂时回家一趟,我则独自去了游戏室。

眼下刚过九点,游戏室被整理得井井有条。两个三四岁的小女孩儿正在跟母亲和三园阿姨一起用玩偶做游戏。壮太正在一旁伸直双腿,做着前屈运动。

"早上好……"

"早哇。"

"在做体操?"

"是呀。明明不可能长高,可我妈还是要我每天拉伸,说这样可以长高。"

说着,壮太做了个鬼脸。

壮太的母亲叹着气,提醒道:"别在那瞎说呀。抱歉哪,这孩子老是开玩笑。"

"没事哦。"

我摇了摇头,坐到壮太旁边,陪他一起做起了前屈运动。

"小瑛,你身体好硬啊。"

"是呀,你的身体好柔软哪。"

可能因为在医院生活久了吧,我的身体变得十分僵硬,光是伸直双腿,我都会觉得膝盖窝处被拉得生疼。

"我擅长没有身高要求的运动。我从小就是小不点,所以我报了游泳班、体操班还有公文班,啊,公文不算运动。"

壮太说完,咯咯咯地笑了起来。他很容易被一些小事惹得开怀大笑。我以前在学校也是这样,即便聊起一些不太有趣的事情,我也会跟着大家一起哈哈大笑。

"快别这样笑了。"

壮太的母亲皱起了眉头。壮太见状,连忙说道:"我跟小瑛玩就行了,妈妈,你回房间吧。"

"可是……"

"接下来只要每隔二十分钟抽一次血就行了吧?妈妈待不待在这里都没什么差别呀。"

"是呀,昨晚在折叠床上肯定没睡好吧?待在病房也没法放松,不如去楼下的谈话室悠闲地喝喝茶吧。这里有我看着呢,放心吧。"

在三园阿姨的劝说下,壮太的母亲说了句"那就这么办吧",低头行了几个礼,随即离开了游戏室。

等母亲离开后,壮太露出比刚才还要滑稽的表情,说道:"话说,有哪个三年级学生在玩的时候还要妈妈守着。"

"确实。"

"小瑛,你妈妈在房间吗?"

"我妈妈回家了,要下午才过来。她要洗衣服、打扫卫生什么的。"

"这样啊,看来你要在这里住好久哇。"

"还好吧。"

"你得了什么病?"

"欸?"

"小瑛,你得了什么病?"

"我吗?"

我得了什么病?其实在医院被问到这个问题很正常,可至今为止,我还是第一次被问起,我一时间竟不知如何回答。

"咦?不能问这个吗?"

壮太小心翼翼地看了看三园阿姨的脸。

"没什么呀,应该没事吧。"

三园阿姨含糊地回答完,说了句"还可以这样哦",接着朝女孩儿身边走去。

"那我先说吧。我得了矮小症,这个一看便知啦。我今年117厘米,身高测评结果是 −2.8SD[①]。虽然九岁了,但身高相当于六岁孩子的平均水平。这已经是我第五次来医院检查生长激素的分泌情况啦。"

在壮太幽默的描述下,这些复杂的数值和残酷的现状也莫名地变得有趣起来。

"这样啊。那个,我得了一种血小板过少的病。已经检查完了,现在只要吃药治疗,等血小板的数值稳定下来就行了。"

真正开口才发现,要概括自己的病症也没那么难,对此我也感到很惊讶。虽然没办法告诉他做各种检查、跑各大医院、经历漫长住院的辛苦,但自己的生病状况还是能简单说清楚的。

---

① 译注:SD值指实际数据与参考数值之间的差异,正常身高SD值为 −1SD~+1SD,即在均值上下一个标准差范围内。如果身高低于 −2SD,基本可以诊断为矮小症。

"哦，这样啊。看来我们的病都很辛苦哇。"

"但矮点又不会死，你应该没我那么困扰吧。"

见壮太把我俩的病混为一谈，我有些不服气。

"是不会死呀，但我会很困扰哇。矮一点点倒还好说，可我矮太多了。上幼儿园的时候，学校压根没有适合我的校服。小学的时候也是，到二年级我都够不着学校的运动云梯。走在路上也时常被误以为是幼儿园小朋友。"

"这样啊。"

"是呀。而且，我已经确定是矮小症了，就算接受治疗，也长不了多少，不知道将来会不会受欢迎……想想就绝望啊。"

壮太说完，转而看着我的脸。

"小瑛，你的病能治好吧？等治好就没事了，你既没有身材矮小的困扰，也没有够不到的东西对吧？"

"是呀……"

我的身高属于中上水平，平时不会被误认成低年级学生，也没有自己拿不到的玩具。我只想快点出院，单从这点来看，未来还没到绝望的地步。

"经常有人安慰我说有个性就行,可矮个子活得很辛苦哇。"

"不会吧。"

"当然会了。我爸妈也很清楚这点,所以让我学很多东西。比如游泳、体操、公文,他们想用这些来弥补我身高上的不足。"

"但是,你明天就能回家了呀。"

"也是呀,你不像我,住个三天就能回家。"

"嗯。"

"那我们都是不幸的孩子。"

壮太说完,大喊一声"耶",跟我击了个掌。

"不幸为什么还要击掌啊?"

"我们两个一样啊,那不是一件值得开心的事情嘛。"

"不好的事情也值得开心吗?"

"是呀。就像平时忘了写作业,如果只有自己没写,心里一定会很忐忑,但如果这时候遇到一个同样没写作业的同学,肯定会激动得想击个掌对吧?"

"对对,那确实得击掌。"

"所以,我们是不幸二人组。"

"耶!"

我和壮太再次击了个掌,愉快地笑了起来。这时,护士阿姨走进了游戏室,开始为壮太抽血。矮小症患者需要在上午抽近十次血。可能看到身边的人抽血有些害怕,待在游戏室角落里的小女孩儿哭了起来。因为接下来要轮到她了,会感到不安也很正常吧。

"杏奈,这个一点也不痛哦。因为是从管子里抽出来的,不用扎针哦。虽然时间会久一点,但跟打针完全不一样。你看,我一点也不紧张对吧?"

壮太朝她笑了笑,但小女孩儿依然哭个不停。

"看哪,我抽血的时候还可以唱歌呢,根本没什么好怕的,随便怎么抽都行,一点也不痛。"

壮太胡乱地唱起歌来,但小女孩儿趴到母亲的膝盖上,继续伤心地哭泣着。看来壮太的歌声并没有减轻她的恐惧感。

"杏奈,不看就行哦。轮到你的时候,只要伸出手,把头扭向一边,玩会儿玩具就行了。"

我说完，从收纳架上拿出一本有声绘本。那本书很旧，有些按钮已经发不出声音，但依然是小朋友最爱的玩具。

"来，按一下这个试试。这里。"

我翻开绘本，引导小女孩儿按下其中一个按钮。绘本反应有些迟钝，过了一会儿才发出"叮咚"一声。

"好奇怪的声音哪，接下来按这个试试。"

在我跟小女孩儿聊天期间，壮太那边已经抽完了血。护士阿姨走过来，抓起小女孩儿的手。她吓得身体抖了一下。

"看看，快看这个。这个按钮按下去会有很特别的声音哦。"

为避免小女孩儿看向被抽血的那只手，我连忙把她的注意力拉回到绘本上，同时翻动书页。护士阿姨和小女孩儿的母亲也拼命地夸赞道："这玩具好有趣呀，声音好好听啊。"

"哇，杏奈，你好会按哪。"

只要在第一次抽血的时候让她明白：其实一点也不痛，往后她就不会那么恐惧了。小朋友抽血有

夏日的体温 053

点慢，整个过程需要花费一两分钟。为了分散小女孩儿的注意力，护士阿姨和小女孩儿的母亲不停地跟她搭话，最后总算顺利抽完了血。

"小瑛，你好厉害呀。"

"嗯，还好吧。"

"竟然比我这个活跃分子还能说，太牛了。"

"太牛了？什么意思？"

壮太刚刚摆手说了句"太牛了"。

"这句话最近在我们学校很流行哦。"

"这样啊。"

我也学着壮太的样子，摆了摆手，说："太牛了。"接着我又问，"这是什么意思呀？"

"就是觉得对方很厉害，干得不错的意思。"

"这样啊，太牛了。"

"对对，这句话很有趣吧？"

"嗯，太牛了。"

等出了院我也试试，就是不知道那时候还流不流行这句话，也不知道什么时候才能迎来那一天。就在我想着这些的时候，壮太突然提议道："我们来比赛做世界上最恐怖的生物吧,看谁才是最牛的那个。"

说着,壮太坐到了正中央的桌子前,从包里掏出黏土。

"你竟然还带了黏土。"

医院可没这种玩具,我也从没见过小朋友带黏土来医院。

"我妈除了关注我的运动和学习外,还会叫我做手工。我虽然没报绘画班,但从小就被逼着画画。"

说着,壮太皱起了眉头。

"我也很喜欢画画。"

"但这样会让人反感哪,运动、学习、手工,我已经矮到必须要靠这些来弥补的地步了吗……那真的不是一般的矮呀。"

壮太自言自语似的说完,又乐呵呵地笑了起来。

"个子矮点也没什么啦。"

我本想这么说,但还是把到嘴边的话咽了回去。"个子矮点也没关系"这种话只适合对未来有希望长高的孩子说。来这里检查的孩子身高大多远低于平均值，如果不接受治疗的话，将来基本不可能长高。

"好，准备完毕。"

壮太拿出黏土板，把黏土摊在上面。见他二话不说准备动手，我好奇地问道："你不是讨厌画画吗？怎么这么喜欢黏土？"

"没有哇，我觉得黏土超无聊的。"

"但还是会玩？"

"嗯，我觉得游戏和陀螺比较好玩，黏土只有跟合得来的人玩时，才会变得超级有趣。"

"是吗？"

"是呀是呀。来，给你一半。"

壮太把一块黏土放到我面前。

"谁用黏土做的生物恐怖，谁就获胜。三园阿姨，待会儿麻烦你来当一下裁判哦。"

听到壮太的话，三园阿姨举起胳膊，笑着说道："包在我身上。"

壮太说跟合得来的人玩黏土会变得超级有趣。既然如此，那我一定要做一个让他捧腹大笑的恐怖生物。想到这里，我拼命地捏起黏土。

壮太中途要抽一次血,他让我暂停比赛,跟着休息一会儿。等我们的黏土作品逐渐成形的时候,女孩子们开始在一旁大喊"哥哥加油"。她们也早已厌倦了医院的生活,突然看到有人玩起新鲜游戏,难免会为之兴奋吧。

壮太见状,气鼓鼓地抱怨道:"喂,你们两个为什么站在小瑛那边哪!我也是矮小症患者,明明我们是一伙的呀!"

"但我在医院待的时间更长啊,所以,我熟悉这里的一切哦。"

我也毫不示弱,想尽办法拉拢两个小女孩儿。

"一边是同病相怜的哥哥,一边是熟悉医院生活的哥哥,你们支持哪个?"

在壮太的逼问下,两个小女孩儿连忙改口。

"两个都加油!"

"都不能输哦!"

三四岁的小孩子竟然懂得照顾别人的感受,好想感动地说声谢谢。

"好,完成了!"

壮太做了一个尾巴和头长得出奇、外观有点像麒麟又有点像蛇的恐怖生物,各个部位的比例十分不协调。

"小瑛,你还没做好吗?"

"等我一会儿,这样就行了。"

我做了一个嘴巴很大,长着三根獠牙、八条腿,外形酷似章鱼的生物。连我自己看着都觉得神奇。

"哇,小瑛,你好厉害呀。"

"你的也很不错呀。"

我们相互打量起对方的作品,你一言我一语地说着"真的好恐怖""要是出现这种怪物,要用速攻战法,打完就跑""快别说了,晚上会梦到的"之类的话,两人夸张地笑到浑身发抖。

"三园阿姨,你觉得哪边更厉害?"

我们把评审的任务交给了三园阿姨。

三园阿姨仔细地对比起我们的作品。女孩们似乎并不关心结果,自顾自地在角落里玩起了开店游戏。

不过是普通的黏土作品对决,我却屏息凝神地等待着三园阿姨宣布结果。最近没有机会跟人比赛，我快要忘了胜负的感觉。好久没有像这样紧张地等待一样东西了。

"我想想啊，我选这个吧。"

三园阿姨指着我的黏土作品。

"真的吗？"

"嗯，两个都是绝对不想看到的可怕生物，但这边的脸更恐怖。"

听到三园阿姨公布的结果，我激动得尖叫起来。

"哇，太好了！"

"小瑛，你好厉害呀。"

"对吧？因为我家里有恐怖生物图鉴。"

"你赢了，恭喜你呀，小瑛。"

"谢谢。"

"好，那接下来玩什么呢？"

"我想想啊，我去把陀螺拿过来。"

"好，那我收拾一下黏土。"

黏土之后又是陀螺，昨天之前还无事可干，每天不知该如何打发漫长的一天，今天却被安排得满满当当。

后来,我们玩了一上午陀螺。有了壮太的陪伴,我不用再不停地关注时钟,时间过得飞快。本来打算继续玩一会儿,但广播里传来吃午餐的通知。

"回头见哦。"

"嗯,回见。"

我们在游戏室前道了声别,回到了各自的病房。

我回到病房的时候,妈妈也刚好回来,我们一起吃起了午餐。

"看你好像跟壮太玩得很开心呢。"

"嗯,还行吧。"

今天中午的配菜是鲑鱼和味噌汤。午餐总是这么乏味。

"我们约好了待会儿继续一起玩。"

"这样啊,你们很合得来呢。"

"嗯,非常合得来。"

我很庆幸能在这里遇见壮太。如果来的是一位沉默寡言的男孩子,那一定会很无聊,可如果是心眼太坏的,我又会非常反感。跟壮太在一起真的很开心。

我喝完最后一点味噌汤,看了看钟表,现在是十二点十五分。赶紧刷个牙,去游戏室找壮太吧。我刚下定决心起身,却猛地想起,壮太明天十二点一过就要出院。我的胸口像落下一块巨石,顿时感到无比沉重。还剩二十四个小时,除去睡觉的时间,我能跟壮太相处的时间寥寥无几。刚来医院的时候,我每天都盼着时间快点过,如今我却无比珍惜眼下的每一分钟。

见我突然走神,妈妈问道:"怎么啦?"

"不知道我什么时候能出院呢。"

"应该快了吧,应该不到一个月就能出院哦。"

"这样啊。"

"嗯。"

妈妈点点头。

来医院三个星期,也就是转到东栋一个星期的时候,我的脑中像是有什么东西失控了一般,整个人濒临崩溃。我歇斯底里地朝妈妈大喊:"竟然还要在这里住那么多天,而且还不确定什么时候出院,这我怎么忍受得了。我一天也不想在医院多待，我的身体一点问题也没有，快点让我出院，我要回家，我要去外面，我要去学校，我要见朋友，我想要自由。"妈妈一时间不知该如何安抚我。

但我的喊叫改变不了什么。我也是喊累后才明白：不管我怎么喊，怎么闹，最终也只能等血小板值升高，只能默默忍受。现在我依然会每天想回家，但我会想办法让自己过得轻松一些。如今我已经习惯了医院的生活，但一想到没有壮太陪伴的日子，我就感到后背发凉。接下来等待我的是一段如沙漠般荒芜的时光，我也不知道要如何熬过。

"你不是要早点去吗？"

"对对。"

"你们两个单独待在一起会更开心，妈妈就趁机睡个午觉好了。"

妈妈说完笑了笑。

现在越是开心，分别后就越是难过——即便是八岁的我，也清楚这点。但即便如此，我还是想跟壮太尽情地享受当下。我纠结完后，快步朝游戏室走去。

游戏室里空无一人,看来我来早了。我走到窗边,眺望起室外的景色。外面应该还很热吧,湛蓝的天空零星地飘着几朵白云。我还要过多久才能站在那片蓝天下仰望天空呢?

"哟,小瑛。"

正当我看着窗外时,壮太走了进来。一想到壮太也迈着匆忙的步伐赶来这里,我就感到无比欣慰。

"要是能出去玩就好了。"

听到我的话,壮太说道:"小瑛,外面可是地狱哦。"

"是吗?"

"外面热死人了,待上三分钟就会被烤焦。"

"真的吗?"

"嗯嗯,学期末实在太热了,有几天都不让去操场运动。"

壮太说着,坐到我旁边,跟着眺望起窗外的景色。

去年和前年夏天都很凉快,虽然也有温度高的时候,但还从来没出现过禁止使用操场的情况。

"我也好想感受一下异常炎热的感觉。"

如果今年夏天出不了院,而明年夏天又没有今年这么热的话,那我可能永远不知道这是一种怎样的感觉。电视上用各种词语和画面描述着室外的酷暑,可毕竟没有亲身体验过,我完全无法想象那种感觉。

"虽然待在空调房里让人很羡慕,但一直不让出去也很难受。"

"对吧。"

壮太笑着说道:"要我就偷溜出去。"

"不行,医院盯得可紧了,连这个三楼都出不去。"

"我个子小点,可能还有希望。对了,我们来猜一下哪辆车先走吧。"

窗外是一片宽阔的停车场。光是一号停车场,就停了两百多辆车。这家医院共有三个停车场,可能接收的病人比较多吧。有多少人正在忍受着比我还痛苦的生活呢？想到这里，我的心情也变得沉重起来。相比之下，也许我的遭遇不算什么，我却成天念叨着想早点出院，对此我倍感惭愧。

"我猜面前那辆红色的车先走。"

壮太指了指窗外。

"那我猜右起第三列那辆蓝色的车先走。"

停车场上的车子基本都是黑色或白色，我们各自选了一辆颜色较为显眼的车子，但两辆车都没有要走的迹象。

"好，快动起来呀！"

"蓝色车子的主人，快过来呀！"

"啊，刚刚走的又是白色车子。红色车子，别管主人了，自己跑起来吧！"

"蓝色车子也是，去哪都行，赶紧动起来吧！"

我们边盯着停车场边喊道。

"什么嘛，这个停车场只有黑色和白色车子会动吗？"

"红色和蓝色车子可能要停在这里过夜吧。"

"也可能因为被我们盯着，它们紧张得不敢

动了。"

"车子也会紧张?"

正当我们讨论得激烈的时候,三园阿姨来到了游戏室,笑着说道:"停车场这么好看吗?"

"也不怎么好看吧……"

我们异口同声地说完,连忙离开了窗边。壮太干劲满满地说道:"好,来玩游戏吧。就是不知道玩什么好呢,我们只剩今天和明天上午了,得抓紧时间玩。"

"壮太出院后可以尽情玩个够吧?被留在医院,失去朋友陪伴的人是我呀。明天中午一过,你就可以自由地玩耍了。"

听到我的话,壮太露出了不可思议的表情。

"我也一样啊。"

"哪里一样啦?"

我是被留下的那个,而壮太是离开的那个,根本不一样。面对我的反驳,壮太说道:"可我们不能在一起玩了呀,这点双方都是一样的吧?"

"可是,你可以去见你朋友哇。还可以去公园或者去别人家里玩。"

"可即便能去公园或者别人家,也见不到小瑛你呀。"

"话是这么说没错……"

"离别的心情是一样的,在一起时的快乐也是一样的。"

壮太说完,拍了拍我的背。

"我们要抓紧时间!"

我们的悲伤是相通的吗?现在越是快乐,我就越不敢想壮太离开后的日子。再也没有人可以陪我一起欢笑,我又要过回那种空洞乏味的生活。而这一刻很快就要到来。明天中午,未免太快了。可正因如此,我们才更应该争分夺秒地享受当下。

于是,我也跟着说道:"抓紧时间玩吧,我们要玩很多很多游戏。"

"还要抓紧时间玩哪,看来你们在一块儿玩得很开心呢。"

三园阿姨边说边收拾起游戏室的物品,准备迎接小朋友的到来。

我和壮太并排坐在一起，玩起了掌机游戏。一个人玩游戏可以不知不觉地忘记时间，两个人一起玩游戏会感觉时间的流逝速度变成了平时的三倍。

就在我们专心地玩着游戏的时候，广播突然开始播报"现在是下午三点，到了吃午点的时间"。

"这么快就三点啦？"

"好快呀，我感觉才刚来一会儿呢。"

在软垫上玩耍的女孩们一听说要吃午点，立马赶回了病房。我也只好轻声嘀咕道："嗯，那我们也走吧。"

这时，三园阿姨提议道："你们可以把午点拿来这里一起吃呀。"

对呀，我怎么没想到。游戏室里没有规定说不许吃东西，两个人一起吃点心什么的，简直太美好了。我们摆了摆手，朝三园阿姨说了声"三园阿姨，你太牛了"，连忙去取午点。

今天的午点是养乐多和威化饼，跟幼儿园的午点很像。壮太边打开养乐多边说道："我在上一家医院做检查的时候也是这样，为什么医院的点心都是这种松松软软的。"

"晚饭也是普通的咖喱，完全可以来点薯条什么的呀。"

我在饮食上没有限制，可以吃妈妈从外面买来的点心。但不知为何，我格外珍惜医院发的午点，每次都会吃个精光。

"好熟悉的味道哇。"

壮太边嚼着威化饼边感叹道。

"好吃是好吃，就是吃着有点想睡觉。"

"是呀是呀，让人想起备受疼爱的幼儿时代。"

"那时候真是自由哇。"

听到我们的对话，三园阿姨笑着说："这哪像是小学生会说的话。"

我不太记得幼儿园时期的事情，只知道那时候不用做作业，每天可以尽情地玩，可以做自己喜欢的事情。

小学三年级的生活也称不上辛苦，但有更多孩子要投身学习，每天上六个小时的课，放学后能玩的时间很少。心血来潮地去找虫子，无忧无虑地玩捉迷藏什么的，这种日子已经一去不复返。

壮太吃完点心，从收纳架上拿出两个空盒子放在游戏室的两端。

"你要做什么？"

"玩迷你篮球游戏。"

游戏室只有教室大小，打得了篮球吗？我惊讶地问道："迷你篮球？"

"没错，玩打篮球。把小的橡胶球扔进空盒子里就行了，不用跑，走快点就行，应该没事吧？"

三园阿姨回答道："只要不撞到小朋友就没事哦。"

"太好了，反正我下午不用抽血，一起玩迷你篮球游戏吧。不能拿着球走，一定要边拍球或者边抛球边走，最后投篮，明白了吗？"

"可以呀，这主意太棒了。"

没想到能在医院玩上篮球游戏。

"壮太好会设计游戏呀。"

"对吧？虽然我报过公文班和游泳班，平时也经常画画，但我最擅长的还是玩。"

"嗯，你太牛了！"

我们拿着棒球大小的橡胶球开始玩起了篮球游戏。没一会儿，壮太喊道："哇，这个球没什么弹性，而且我手上缠着绷带，运球太不方便了。"

我趁机夺过他的球，朝篮筐投去。但盒子太小，我没有投中。看来得走到身边轻轻扔进去才行。好，再试一遍。我进球的时候，两个小女孩儿和一个小男孩儿刚好吃完午点回到游戏室，他们惊讶地"哇"了一声，激动地鼓起掌来。

"谢谢。"

我边抛着球边往前走的时候，壮太突然将球抢走。小男孩儿惊讶地喊道："好厉害！"

壮太小心地把球传给他。

"哟，要试试吗？"

他把盒子移到男孩儿身边。

"来，投一个试试。"

我极力表示抗议。

"喂喂，找人帮忙可以，但不能移动盒子吧？"

壮太解释道："因为我们一只胳膊上留着管子，

不方便运动嘛。这里只有你双手可以自由活动啊。"

两个小女孩儿也附和道:"就是,哥哥太狡猾了。"

"而且,这里小瑛最高。"

"哇,哥哥两方面都占便宜。"

"不不不,只是把球投进地上的盒子里吧?这跟身高没关系呀,非要说的话,个子矮的离地面更近、更占便宜吧?"

"才不会,反正手脚长的绝对占优势。我们合伙打败那个高个子哥哥吧。"

壮太说完,跟孩子们击了个掌。

"等一下,我一个人一队?"

"是呀,你个子高,当然一个人一队啦。我们是小不点冲锋队。"

壮太说完,几个孩子叽叽喳喳地喊着"太棒了""耶"之类的。几位母亲也欣慰地说:"真好。"

明明他们只是来医院检查,明天就可以愉快地出院,而我还要继续留院观察,为什么我却成了要被大家打败的对象?不过,也没什么。这还是我第一次在游戏室见大家玩得这么开心。

"那我就是孤身巨人队,我绝对不会输给你们的!"

我也跟着起了个队名。

四对一的迷你篮球赛拉开帷幕。小朋友们有时会参与进来,开心的时候会突然把球抢走,尝试投篮,真是一群随性的选手,不过也为壮太的队伍做了不少贡献。因为小朋友们的手臂上缠着绷带,我不敢强硬地把球抢走,只能面带微笑地看着他们投篮。

虽然规则很粗放,但五个人乐在其中,而且还可以在这里展示球技。医院里不让随便跑动,但我们依然可以用这种方式跟小伙伴一起活动身体。这种感觉无比畅快。

但等壮太出院后,可能就不会再有这种场面了。倒不是因为我没有壮太开朗,不敢邀请小朋友加入,而是因为他们是看到我和壮太玩得很开心才加入的。如果由我来说明游戏规则,并邀请大家一起来玩,小朋友们肯定不愿加入吧。

"连进!"

壮太刚投进一球,小女孩儿立刻把盒子里的球拿到我面前。

"哥哥,给。"

"咦?杏奈,我不是你的敌人吗?不过也行。谢谢啦。"

我也把小女孩儿拿来的球小心地投到了盒子里。

比赛没有记分,不过双方得分加起来应该有六十多分。就在大家筋疲力尽的时候,一个小女孩儿说道:"啊,电视节目《和妈妈一起》要开始了!"

三园阿姨连忙打开电视。我和壮太也嘀咕了一句"没力气了",顺势坐到了地上。

后来,壮太的母亲去自动贩卖机上给我们买了饮料,让我们一起坐在地上喝。

看完《和妈妈一起》后,女孩儿各自回了病房,小男孩儿也被母亲带去洗澡。

现在是下午五点,三园阿姨开始收拾起游戏室的物品。

壮太说道:"虽然天还很亮,但依然可以感觉到傍晚来临了呢。"

"一天要结束了。"

"小瑛,你在这里住了多久?"

"我是六月二十五日入院的,到今天一共住了一个月零十一天。"

壮太惊讶地回道:"好久哇!要换成我的话,八成会爆发。小瑛,你真的好厉害。"

"也没有很厉害吧。"

自那天以后,我没有再哭闹着要回家。但身体深处仿佛有什么东西快要冲破禁锢,彻底爆发,感觉自己要被撕成无数的碎片,我的脑中一片混乱。但我没有歇斯底里地喊叫,而是每天赶在九点前跑去游戏室。如果不想办法排解内心的不安,我怕自己会出问题。所以,我每天都会重复那件例行事项。

"阿姨要回去了,你们慢慢在这里玩,记得关灯哦。明天见。"

三园阿姨说完,离开了游戏室。

我们朝三园阿姨挥了挥手,直接躺到软垫上。

"壮太，你明天就要回去了哎。"

"是呀，但不知道为什么，我有种要转校的感觉。"

"你只是回到原来的地方啊。"

"是呀。可是，相处了两天，难免会有点舍不得嘛。"

"即便这里是医院？"

"是呀，因为医院里有你呀。"

"什么嘛。不过，希望你可以治好身高的问题。"我由衷地表达了自己的想法。

"没戏没戏。我已经确定长不高了，是我妈不肯放弃。现在就算接受治疗也来不及了。"

"这样啊。"

"我已经上小学三年级了，与其做一些不切实际的梦，不如思考一下小个子的生存之道。"

"小个子的生存之道？"

"靠学习和运动肯定行不通，对吧？所以我要找一条愉快、有趣的道路。我可不想被人小看，我要让大家知道，小个子也可以活得很快乐。"

"真不容易呀。"

"是呀,小个子可辛苦了。"

"但是呀,壮太,跟你在一块儿很开心。"

"是吗?"

"嗯,非常开心。"

"谢谢。"

广播里传来提醒吃晚饭的声音,我们在游戏室前说了声"明天见",各自回到了病房。

"明天见"——也只有今天有机会说这句话了。我们之间只剩一个明天,我也是第一次认识到,原来现实会这么残酷。

吃完晚饭,洗完澡后,我朝游戏室走去。

漆黑的房间里一片寂静,明明白天这里是整栋大楼最热闹的地方,这会儿却静得出奇。

好想离开这里,好想尽情奔跑。为什么我的活动范围仅限于这个楼层,我快要疯了,快点放我出去——以前我总这么想。但现在,我突然觉得留在这里也挺好,不出去也无所谓,我只想继续跟壮太一起玩，一起聊天，一起欢笑，现在我满脑子都是这种想法。

我知道，这世上多得是比我孤单、比我难过的孩子，但同样也有千千万万比我幸福的孩子。如果我是这里最不幸的一个，我会毫无顾忌地放声哭喊吗？

我像往常一样，试图趁着黑暗释放我无处安放的情绪。突然，我停下了手里的动作。想到从明天起见不到壮太，我就像坠入了一个深不见底的洞穴，整个人僵在那里。体验过快乐的时光后，我还可以在没有壮太的陪伴下平静地度过每一天吗？无论我怎么反抗，也无法从这里逃脱。"应该没事吧。"我模仿三园阿姨的语气嘀咕完，做了个深呼吸，接着闭上眼睛暗暗祈祷。

"希望明天之后依然会有快乐的事情等着我，哪怕一点点也好，赐我一些快乐的瞬间吧。"

至今为止，我在游戏室里做过许多任性的事情，也许我的愿望并不会得到回应，但我总归要做点什么。

7

今天是八月六日，星期日。我来到游戏室的时候，壮太也在那里，但他看起来好像没什么精神。

"昨晚没睡好吗？"

"也有这个原因吧，不过主要还是因为吃了药，血糖值降低了，头有点晕。"

"哦，这样啊。"

难怪今天壮太的母亲也陪在旁边。

来医院检查的孩子们吃完药后需要抽血。受药物种类和体质的影响，有些药存在副作用，我见过有孩子吃完药后恶心想吐。检查时不可以睡着，但用的药大多具有催眠的效果，母亲只好想尽办法让孩子保持清醒。这种场面我已经见过很多次。

"我吃别的药没事，但唯独这个药副作用非常大。"

"那我们玩点轻松的游戏吧。"

"嗯,但我不能睡着,尽情地玩个够吧!"

壮太顶着一张昏昏欲睡的脸笑了笑。

"OK!"

壮太现在浑身无力,如果就这么待着的话,恐怕很快就会睡着。于是我把他拉到走廊上,玩起了猜拳游戏。赢的一方可以按照古力高、巧克力、菠萝①这三个词对应的字数向前挪动相应步数。只要稍微走一走,就不会轻易睡着了。

壮太边慢慢挪动步子边说道:"可我腿短,走不了多远哪。"

"可你赢得多呀。"

"对了!我们可以用石头、剪刀、布这三个词来玩词语接龙,只要第一个字一样,说什么都行。"

"好哇,这样更有趣呢!"

"石头!赢了。那……我想想,十分美味的汤。"

---

① 译注:"古力高""巧克力""菠萝"这三个词的日语首字发音刚好跟"石头""剪刀""布"的日语首字发音一致,是猜拳游戏的衍生说法,在日本的小孩儿中十分流行。

壮太赢了后，似乎有些得意，迈出的步子也大了不少。

"这是什么词语接龙啊。布！我赢了！那我就说，不过我星期天去动物园看了熊猫。"

我也不服输地编了个长句。

"咦？这样啊，原来星期六不能去呀。啊，我也是布。我想想啊，不过我是在星期三买的香脆薯条。"

"为什么你也要说星期几？"

我们叽叽喳喳地玩着"石头、剪刀、布"的词语接龙游戏，笑得十分开心。

就在我们快要经过护士站站前的时候，护士阿姨说："来得刚好，时间差不多了。"让壮太坐到沙发上，开始为他抽血。

"哎，抽完血会口渴吧。"

壮太看着护士站旁的自动贩卖机，小声嘀咕道。

"不让喝水真的很难受呢。"

矮小症患者接受身高相关检查的时候要禁食禁水。肚子饿了可以忍，但口渴了不让喝水真的很难受，时常有小孩嚷嚷"我要喝水""我好渴"。我也会莫名地变得小心,跟壮太在一起或者游戏室里有其他小孩儿正在接受检查的时候,我一般不会喝水。

"那我们不玩猜拳了,随便走走吧。"

壮太强撑着睡意,说道:"嗯,抱歉哪,今天的我一定很无趣吧。"

壮太的语气比平时要沉稳许多,原来检查用的药会让人这么难受——我从那个活泼开朗的壮太身上深刻地认识到了这一点。

"虽然你现在很困,注意力也有些涣散,但你依然很有趣呀。"

"是吗?"

"当然了。"

"希望是吧,无趣的小个子是没有未来的。"

壮太说完,顶着困倦的双眼笑了笑。

"你是个有趣的人,但即便变得无趣了,也完全没关系呀。"

"小瑛,你真善解人意。"

"哪有。"

"跟你在一块儿的时候,我的心情总会变得

很好。"

但其实我并没有壮太说得这么善良,他的话令我倍感惭愧。于是我把我刚入院时的任性行为、起初对矮小症患者的冷漠行为,以及我对大家好是因为我觉得这样可以帮助自己早点出院的事如实地告诉了正太。

"这样啊,所以我是因为自己矮才变得幽默,而你是因为住院时间长,所以才变得善良啊。幸好我长不高,而你刚好也病了。"

壮太说得没错,但也不全对。我来医院前性格很好。那时候的我从来不会打心底羡慕谁,也不会冒出"为什么每次都是我"的焦躁想法。而且,壮太的风趣性格跟身高没有任何关系。即便他是一个不太开朗的大高个,我也一样会乐意跟他待在一起。我很想把这些告诉壮太,可我又担心自己没办法表述清楚,最后只好作罢。

而且,光是为了让壮太保持清醒,就已经耗费了我大量的精力。我一会儿拉他去走廊上来回走动,一会儿又去游戏室玩游戏,想着各种花样赶走他的睡意。

"啊，终于解放了！"

临近十二点的时候，最后一次抽血结束。拔掉手上的管子后，壮太直接躺在了游戏室的地板上。

"辛苦了，壮太。"

"谢谢你，小瑛。"

"我什么也没做啦。"

"最后一天，都没有陪你好好玩一下，真是可惜。"

"怎么会，能跟你聊天，我就很开心啦。"

听到我的话，壮太也说道："嗯，虽然我一直处于半清醒状态，但我也很开心。"

后来，广播里传来提醒吃午餐的声音，我们各自回到了病房。

但我们这次没有说"回见"，而是礼貌性地面带微笑，彼此说了声"再见"。

8

我吃完中饭,刷完牙后,壮太带着母亲一起来到了我的病房。壮太的母亲提着一个巨大的行李袋,壮太也背着一个双肩包。

"感谢你们这段时间的照顾。"

壮太的母亲朝我和妈妈鞠了个躬。妈妈连忙说道:"哎呀,要出院了呢,真是辛苦了。"

"我家孩子跟瑛介很合得来,住院这段时间过得很开心。"

"我家也是,能遇到壮太,真是太好了。"

两个母亲你一言我一语地客套着。我和壮太相互看了对方一眼,但因为时间仓促,一时间不知道该说什么,只是傻傻地笑了笑。

"走吧,壮太。"

壮太的母亲把手放到他的肩上。

"小瑛，再见。"

壮太向我道了声别。

"嗯，多保重。"

我朝他们挥了挥手。

"你更要多保重。"

壮太说完，转过身离开了病房。

等他们走远后，妈妈说道："本来你应该送他们到楼层出口的。没想到你们的离别场面还挺轻松。可能男孩子向来比较理性吧。"

其实妈妈什么都不懂。要是再聊下去，我怕自己会哭出来。壮太肯定也是一样的。要是再多说一句话，再多待一会儿，我怕自己没办法跟他说再见。我感到自己的眼睛、嘴巴、鼻子一阵发烫，我极力压抑住自己的情绪，故作镇定地回了句"还好吧"。

壮太离开后，我没有心情去游戏室，下午索性在病房看起了漫画。意识到壮太真的离开，没办法再陪我一起玩后，我的心像被掏了个洞。为避免这个洞进一步扩大，我拼命用漫画来麻醉自己。

两点后有会诊,在那之前会出抽血结果。

"血小板增加了不少呢。"

医生朝我投来温柔的笑容,用宣布特大新闻般的语气告诉我:"应该再过一两个星期就可以出院了。"

"太好了,谢谢医生。"

妈妈低头行了个礼,从她颤抖的声音可以看出来,她真的很激动。

终于看到希望了,终于可以出去了,简直太开心了。但我还是想确认一下。

"是一个星期还是两个星期?"

医生回道:"这个要看下周的检查结果才知道。"

"哦。"

"不管怎样,一两个星期后肯定能出院。"

医生说完,还夸赞我说:"因为你很努力呀。"

一两个星期,这个范围太模糊了。一个星期和两个星期中间可是差了七天。是七天后就能出院,还是要继续在这里待十四天?二者有着天壤之别。医生知道这里的一天有多漫长吗?知道壮太离开后的日子有多无聊吗？希望大人不要用自己的感觉来衡量我们小孩儿的时间。

妈妈从问诊室出来后，接连说了好几遍"太好了"。明明都快要出院了，可我丝毫开心不起来，可能因为时间太模糊了吧。如果告诉我明天就可以出院，我绝对会开心到起飞。但现实是我还要继续在这里待上一两个星期。

我怀着沮丧的心情朝病房走去，途中无意间瞟见西栋的入口，我顿时感到无比羞愧。我真是身在福中不知福，再晚也不过多待两个星期，而且我又不用接受什么痛苦的治疗。西栋有些孩子已经住了好几个月。想到这里，我的内心五味杂陈。我也不知道究竟应该用什么心态、该带着怎样的感情面对住院生活。

临近睡觉时间，我还是无法压抑内心的情绪，再次朝游戏室走去。我摸着黑，轻手轻脚地把玩具箱翻倒在软垫上。我每天都会把三个大箱子里的东西全部倒出来，这样能缓解我内心的焦虑。我知道这样做不好，可如果不用这种方式发泄，我怕自己会崩溃。但每到隔天早晨，游戏室又会变得整整齐齐，肯定是妈妈或者三园阿姨帮忙收拾的吧。想到这里，我倍感愧疚。我这么做一定很过分吧，但不做点什么的话，我真的会疯掉，我没办法让自己停下。

翻倒第三个玩具箱的时候，我在心底疑惑地"咦"了一声。

平日几乎处于空置状态的布箱里掉出了什么东西。我靠着昏暗的光线仔细看了看，是纸飞机。

我慌忙打开电灯。

是壮太放的。红、蓝、黄、绿、银、金……里面有三十多个用不同颜色的彩纸折成的纸飞机。他一只手扎着管子，不方便活动，应该是用相对不太灵活的那只手折的吧。飞机的形状很粗糙，但每只上面都画了脸，还分别起了"太牛了号""小不点号""小瑛号""再见号"之类的名字。

原来壮太知道我每晚会去游戏室把玩具箱里的东西倒出来，也知道他离开后，我会对接下来的住院生活感到无比迷茫。

　　从明天开始,每只试飞一下吧。三十只纸飞机,有了它们的陪伴,应该可以让我暂时忘记时间。

9

周末的医院十分安静。这两天没有矮小症患者过来检查,三园阿姨也休息,值班的护士也只有几个。

"鸦雀无声"形容的就是这种场景吧。我在空无一人的游戏室里一会儿玩纸飞机,一会儿看漫画。我发现画有卡通表情的"三园阿姨号"飞得最远。我笑了笑,暗自吐槽道:"什么嘛,壮太。为什么不是'小瑛号'飞得最远哪?"

星期一早晨,医院来了个患有矮小症的小男孩儿,看起来大约四岁的样子。他牵着母亲的手,不安地走进了游戏室。

"这里有很多玩具哦。"

见我主动跟他搭话,小男孩儿脸上的紧张感缓和了一些,但他依然不敢松开母亲的手。

"对了,要玩纸飞机吗?"

我搬过箱子,把壮太折的纸飞机给他看了看。

"好厉害呀。"

"对吧?这些飞机上面全都有表情和名字哦。"

"这个表情好奇怪。"

小男孩儿拿起"太牛了号",微微笑了笑。

"这个叫'调皮号',表情更奇怪,对吧?"

"嗯。"

小男孩儿问母亲:"我可以飞一下吗?"还没等那位母亲说"这个你要问哥哥哦",我抢先说道:"我们一起玩吧!"

"那我先,我喊一、二之后就一起飞出去哦。"

"嗯。"

小男孩儿的"太牛了号"和我的"调皮号"刚飞出一小段距离便轻飘飘地落到了地上。

"不行呢。"

"是呀。好,再找一只更厉害点的。"

就在我跟小男孩儿聊着天的时候,护士阿姨拿着一封信走进了游戏室。

"信？"

我好奇地看了看信封，上面写着田波壮太的名字。啊，是壮太寄来的。看到名字的那一刻，壮太的脸和声音顿时浮现在脑中。

我跟小男孩儿说了句"你自己随便玩吧"，把装有纸飞机的箱子递给他后，连忙回到了自己病房。壮太到底写了什么呢？好想快点看到，好想看看壮太的字迹。但我刚取出信纸，便吓得尖叫了一声。里面掉出一只干瘪的虫子尸体，僵硬的褐色尸体令人感到毛骨悚然。喂喂，这是搞哪门子恶作剧呀？我连忙看了看信件的内容。

小瑛：

虽然只相处了两天，但我真的超开心。谢谢你。我时常想，要是还能有机会一起玩就好了。长不高是一件很糟糕的事情，但遇到你后，我突然发现，长不高有时候也有好处。

小瑛，你之前问我外面到底有多热，实

话告诉你，真的超热哦，每天都快要被热晕了。昨天我家门前有一只蝴蝶都被晒干了，特意寄给你看看。看到了吧，真的晒焦了吧。

嗯，壮太，我也是哦。我也总想着，要是还能有机会一起玩就好了。虽然生病没有半点好处，但能遇见壮太，是我最幸运的事。

话说回来，原来外面真的这么热呀。那只蝴蝶真是可怜，被晒得跟虾干似的。不过我也充分体会到了这个夏天的热。之前总看电视上报道说这个夏天异常炎热，可即便告诉我温度，我也没有任何概念。但在看到这只蝴蝶的那一刻，我顿时有种头顶发烫、喉咙发干的感觉。

没等妈妈回来，我匆忙找护士阿姨要了信封和信纸。我有很多话想马上传达给壮太。

跟壮太在一起玩的时候，我好几次想说"个子矮点也没什么呀"。壮太是个发明游戏的天才，时常能引得大家哈哈大笑。他的这些优点完全可以弥补身高的不足。但我又害怕会伤害到他，所以始终没敢说出口。

但壮太能让身在医院的我感受到这个夏天的炎热。即便出院后,他也依然可以为游戏室里的我们带来快乐。壮太是我心目中最优秀的人。他有那么多优点,个子矮点又有什么关系。没错,矮个子丝毫不影响他的优秀。

我把干瘪的蝴蝶放在一边,在床上的小桌子上写起信来。前所未有的炎热夏日正缓缓拉开序幕。

魅惑恶人备忘录

1

人称斯托布拉的男子扫视着由无机质堆砌而成的房间。

"嗯,这些书和 CD 都是借了忘还的。"

干涸的声音在房间里回响。空洞无神的眼睛里没有一丝恶作剧的意味。不,他原本就是一个没有感情的人。

"借了忘还?"

面对质疑,斯托布拉露出了淡淡的微笑。

"只是一直没还而已。"

盗窃朋友的东西,将其摆放在自己房间。结果,他将这种犯罪行为轻飘飘地称为"借了忘还"。是为了逃避罪恶感的谴责吗?不,在他看来,盗窃根本不算犯罪。

"欸欸欸？等一下，我的房间由无机质堆砌而成？明明有观叶植物哇。而且，我没有露出淡淡的微笑哇。更重要的是，我的眼睛也不空洞吧。真是可怕。"

听到我用手机录语音备忘录，斯托布拉大声反驳道。

"是呀。"

他的眼睛虽小，但有着正常的黑色瞳眸，看上去并不空洞，脸上也没有露出淡淡的微笑。可能是表现手法有些夸张吧。

"还有，斯托布拉是什么意思？我明明叫仓桥让。"

"大学里的人都叫你斯托布拉呀，你该不会不知道吧？"

面对我的提问，仓桥先生摇了摇头。大家口中的斯托布拉似乎有些迟钝。

是大学的同级生推荐说"如果要找品性很差的人，可以去试试斯托布拉"，所以我才来到了这里。如果他只是一个不值一提的普通人，那我可能就白来了。我暗暗叹了口气,决定再继续采访一会儿。

"算了,那先不聊这个,你在收集什么吗?"

斯托布拉坐到沙发上,不依不饶地说道:"不行,等一下。大原小姐,你必须先解释清楚。"

这间公寓的面积大约有八榻榻米①,里面配有床、沙发、小矮桌和书架。家具十分齐全,非常适合独居的学生。

"我刚刚也说过了,我是个写小说的,这次想拜托仓桥先生担任我作品的模特。我去大学里面打听了一下,他们说你比较符合我的要求。"

"你听谁说的?我哪里适合啦?你打算写什么小说?"

"也没有特意问谁吧,我就是去大学里面打听了一下,结果大家都推荐我去找斯托布拉。"

大学里有一个小广告塔,校内的人几乎都知道我在写小说。我说了自己想要写的内容,并表示想找一个人担任模特。大家听到后,热情地给了我很

---

① 译注:1榻榻米约等于1.66平方米。

多建议。看来还是有很多人乐意为出版物贡献一份力量。

"所以,斯托布拉是什么意思?你要写的小说内容是什么?"

仓桥先生不悦地皱起眉头。

如果我把斯托布拉的意思,还有我要写的小说内容告诉他,他一定会感到震惊吧。可如果不交代清楚内情,即便对方接受了采访,也得不到准确的信息。要想弄清对方的真实想法,我也必须实话实说。尽管我很不情愿,但我还是如实地回答了他的问题。

"斯托布拉(sto bla)就是 stomach black 的简称。"

"Stomach?胃很黑?"

"不是胃黑,是腹黑的意思。我去大学打听了一下谁的品性比较差,然后大家都推荐你。"

"腹黑的英文是 heart black 吧。这是什么英语水平啊。算了,这些不重要。原来大家都是这么评价我的?"

"很遗憾。"

我点了点头。斯托布拉有点受到打击,但他很快又振作起来,说:"不过,这也是没办法的事情。"不愧是他,如果有人在背后说我腹黑,我一定会深受打击,甚至会想偷偷退学。可能不止一两个人说过他品性差吧。

"所以,你想写一个怎样的故事?"

"事情是这样的。"

我从小学时代起就特别喜欢写文章。我喜欢漫无边际地遐想,然后把想到的东西编成故事,写到本子里。即便过去近十五年,这点爱好依然没变。可能是我的坚持得到了回报吧。大一那年的四月份,我拿到了县主办的文学奖。因为我是最年轻的获奖者,加上是女大学生,当时在街区引起了热议,报纸的地方栏也报道了几次。后来,我接到出版社的委托,在大一那年出版了自己的获奖作品。大二时又出版了第二本。如今我升入了大三,准备着手创作第三部作品。可不管我怎么写,都没办法获得编辑的认可。

他说:"审核不通过的理由是缺乏真实感。遇到的人都是好人,这世间哪有这么好的事。你应该试着去写写坏人,好好观察一下周围,肯定有品性很恶劣的人吧?如果不试着改变思路,到时写出来的又会是一些老掉牙的童话故事。你这么年轻,应该要多用细腻的笔触刻画年轻人的阴暗和丑陋。"

初中、高中、大学,校园生活的主题总是围绕人际关系展开。我们这代人的目光敏锐而毒辣,在这种环境下生活是一件无比艰辛的事情,对此我深有感触。我也多次体会过跟同龄人相处的辛苦。但如果要我刻画存在于这个混沌世界里的恶人,我实在不知道该如何着笔。

当然,我身边也有品性恶劣的人,但那只是那个人的一面,他也有很多优点。我也见过做坏事的人,但那是因为他们被逼入了绝境,或是一时间精神错乱导致的结果,这些故事不足以作为代表写进书里。

我的写作风格跟恐怖、悬疑毫不沾边,所以这次的作品主题不是扭曲人格和恶性犯罪，而是单纯描写坏人身上的辛酸经历以及他们的人际关系。但与其从自己的经历中挖掘素材，我更想客观地去观察一个坏人。所以，我去周边打听了一下看大学有没有合适的人选，结果大家都说"斯托布拉那家伙品性超恶劣"。

我在稍加美化的基础上，把事情的原委告诉了他。弄清事情的始末后，斯托布拉轻声嘀咕道："不是吧，原来是真的呀。"

他自己可能也隐约有所耳闻吧。虽然有些难以置信，但他还是接受了腹黑男这个绰号。接着，他抬起头，问道："那我具体要做些什么？"

看来他已经对我放下了戒备。

"只要回答我一些问题，然后像平常一样生活学习就行。"

"这样啊。"

"可以稍微参观一下你的房间吗？"

"请便。"

"房间被陌生人参观，你不会觉得困扰吗？"

"不会呀。"

今天下午,我带斯托布拉去见了我一个大学好友。后来我表示想收集一些素材,希望能参观一下他的房间,他很爽快地答应了我的请求。不仅如此,即便我说了些过分的话,他也不会生气,只是静静地倾听。从目前来看,他是一个沉稳大度、不容易被事物影响情绪的人,跟腹黑完全搭不上边。不,也许真正的恶恰恰存在于这种老实、迟钝的人身上。

我边看着书架上摆放着的漫画、小说以及底下的CD边问道:"这些不成套的书和漫画都是从认识的人那抢过来的,对吧?"

我本来想先研究一下斯托布拉的兴趣爱好,但书和CD的类型太杂乱了,根本看不出他到底喜欢哪种。

斯托布拉坐在沙发上回道:"哎呀,都说了,只是借了忘还而已,不是抢来的。"

"没还就是偷盗吧。如果你嘴上答应说还,但实际没还,那就是诈骗。"

"这是常有的事吧。"

呵，好狂妄的语气。竟然试图把恶行正当化，腹黑的本性开始显露。很好，这是个好势头。我继续乘胜追击。

"一般人不会这么做吧，我可从来不会借人东西不还。"

斯托布拉站起来，不耐烦地说道："知道了，我还总行了吧？我这就寄出去。"

干吗一副高高在上的样子，把借来的东西还回去是理所当然的事情吧。我不假思索地说道："当然，你本该这么做。"

但我很快摇头否决了自己的说法。好不容易找到一个坏人，我怎么能教他做善事呢。

"不不不，还是算了吧。"

"欸？为什么？"

斯托布拉惊讶地睁大了眼睛。

"因为这么做的话，收件人会联系你，问你'近来可好''现在在做什么'之类的问题，那样我也会很困扰的。"

"这不是很开心的事情嘛。"

"我要尽可能避免你被感化。"

"感化?"

"没错,我想如实地写出人性的丑陋和幽暗。"

"幽暗?能不能别用这种莫名其妙的词?毕竟我是个笨蛋。还有,跟旧友聊天会被感化?那是很平常的事情啊。大原小姐,你该不会没有朋友吧?"

没有朋友?斯托布拉竟然能若无其事地说出这种挖苦人的话,我大为震惊。不愧是腹黑。仔细观察会发现,这个人身上具备现代人的轻佻与恶意。

"总之,先不还吧。"

"等一下,你都说到这个份儿上了,我要是再留着这些借来的东西,我会很不舒服的。啊,要不丢了吧。"

"那是别人的东西吧?"

"反正对方肯定也不记得了。这些是我初中和高中时期借来的。"

好任性的理由,不愧是腹黑男。

"但你不觉得浪费吗?"

"也是呀。啊,那就拿去卖钱吧。卖给旧书店。"

对这个人来说，卖别人东西就跟去便利店一样稀疏平常。我惊愕地点头回了句"好哇好哇"。看着斯托布拉我行我素的样子，我顿时文思泉涌。

"啊，我可以把前面这些先写成文章吗？"

"大原小姐，你写东西速度好快呀。"

"如果不趁有灵感的时候写下来，文章会褪色的。"

"文章会褪色？真是厉害，一会儿说些让人摸不着头脑的词，一会儿又自创一些说法，而且还要当着别人的面写文章，大原小姐真是不会察言观色呀。"

"是吗？啊，仓桥先生，你不是要把东西拿去卖吗？你可以先整理一下。"

起码我没有那么腹黑吧？我没有理会斯托布拉的话，径自打开了手机的语音备忘录。

斯托布拉把借来的东西逐一放进纸袋里。那些承载着某人情感的物品一旦被换作金钱，也就变得毫无意义。至少借的时候，对方还是朋友吧。但斯托布拉压根想不起那个人，他露出一丝邪恶的微笑，

毫不留情地把东西塞进纸袋。

把所有东西收进纸袋后,书架上空空如也。他整个人也变得空虚起来。没错,他已经没有任何可以引以为豪的东西了。

斯托布拉拿起纸袋,窃笑着问:"卖给车站前的那家旧书店可以吗?"

我刚放下手机,斯托布拉立刻皱着眉头问道:"我没有窃笑吧?话说,窃笑是什么表情?"

"谁知道呢。"

"而且,我自己的书也一起放进纸袋了呀,借来的不过占了三分之二的样子。"

"算了,不用解释了。"

三分之二,那说明借来的占多数不是吗?而且,我想写坏人的故事,请不要找借口开脱,那样会弱化角色的形象。

"好,我们走吧。"

我拿起包,站了起来。

"大原小姐,你要跟我一起去旧书店?"

"嗯，我要亲眼看着你做完这件坏事。"

"我觉得闯入独居男子家里的大原小姐才更像在做坏事。"

斯托布拉边打开玄关的门边说道。眼下临近下午五点，室外被柔和的夕阳笼罩着。

"我哪里像做坏事啦？"

"不是有女生故装单纯，假装自己没有任何想法，借此接近男生吗？实际上这种人心机满满，女生应该也很讨厌这种人吧？"

"啊，不会呀。"

这人在说什么呢？我哼笑了一声。

"不会吗？"

"我是丑女。"

我取下黑框眼镜看向斯托布拉。太阳光直接照射在我的眼睛上。

"哦、哦……"

斯托布拉的反应有些微妙。

"眼镜没有挡住我的美貌，相反，它是我遮丑的工具。而且，我还很胖。"

我们并排朝旧书店走去。五月的风柔和而舒适，即便此刻身边没有斯托布拉，我也依然会这么想。

"那你可以去减肥呀？"

"你这是偏见。"

"欸？为什么？也许瘦了会变可爱呀，我只是给你一个建议而已，真的。"

我身高一米五八，体重将近六十五公斤。因为平时不运动，身上基本都是脂肪，最近感觉自己越发臃肿起来。肿泡眼、塌鼻梁、大饼脸，这样的我从未被夸过可爱。可即便如此，斯托布拉这家伙也没资格嘲笑我。他腹黑又冷漠，是个不折不扣的坏人。

"我也不想胖啊。"

"也有人喜欢胖。"

斯托布拉毫无情商的发言没有点燃我的怒火，反倒激发了我的创作欲望，我边走边拿起手机。

女孩儿要瘦点才漂亮。如今依然有人持有这种偏见。但多数人不会直接说出口，因为他们知道，

这种言论很难被世人接受。但斯托布拉不一样，他直接把这番话说出了口。

　　他身型修长，五官端正，长相称不上英俊帅气，但看着还算顺眼。他有着细长而冷漠的双眼、小巧的鼻子、薄薄的嘴唇，五官的位置恰到好处。他自己也很清楚这点，所以才敢贸然评价他人的长相。

　　听到我的录音，斯托布拉似乎有些开心，笑眯眯地说道："哇，你这是在夸我吗？没错没错，偶尔会有人夸我长得不错。"

　　"这是小说，又不是现实，故事情节纯属虚构。"

　　"是吗？但有些部分跟现实一样啊。"

　　"哪里一样啦？"

　　"长相英俊这个部分。"

　　"我没说长相英俊哪。"

　　"是吗？"

　　斯托布拉好像是那种静不下来的性格，他一直在我旁边说个不停，比如"这附近很方便哦""这家店好像马上要倒闭了"等。不管是上学还是购物，我都习惯一个人。我时常在路上想象各种场景,边走边发挥自己天马行空般的想象力。可如果身边有个人不停地讲话,我会没办法思考。旁边多站个人原来会这么吵,真受不了。就在我想着这些的时候,车站前的旧书店映入眼帘。终于到了。但旁边的斯托布拉小声嘀咕:"这样真的好吗?要是朋友要我还可怎么办哪?"

"事到如今,你纠结什么呢?"

都来到这了,怎么能打退堂鼓。我的声音有点大。

"卖我自己的好了。"

"仓桥先生,你刚刚不是说对方肯定也忘了吗?都过了这么久了,初中、高中时期的朋友怎么可能因为书的事情来联系你。"

"是吗?"

"对呀,赶紧走吧。"

都来到这了,必须要看着他把这件坏事做完。为避免斯托布拉反悔,我快步走进了店里。

"行了,快进来吧。"

"也是呀,应该没事吧。"

"肯定没事呀。快点。"

"那……"

斯托布拉犹犹豫豫地朝回收柜台走去。

这样就好。我要睁大眼睛,亲眼看着斯托布拉冷漠地卖掉朋友的书。但下一秒,我的脑中闪过一个疑问。这不等于是唆使斯托布拉做坏事吗?那我相当于是共犯吧。但不过是卖掉借来的书而已,性质也不算很恶劣……不,十分恶劣。我突然慌了神,连忙拿出手机,打开网站。

我在检索栏输入"卖掉借来的书 犯罪",页面立刻跳出"非法侵占罪"几个字。而且根据网上的描述,这种罪行会被判处五年以下有期徒刑。不是吧,竟然这么严重。坐牢什么的,太恐怖了。我可吃不下那些难吃的牢饭,监狱的劳动任务也不一定能完成。更重要的是,我性格软弱,很容易被狱友或狱警欺负,每天在里面以泪洗面。这样的五年可怎么熬。

"等一下!"

我浑身冒着冷汗,快步走到斯托布拉身边,开口阻止道："还是别卖了吧。"

"欸？"

"不卖了。"

"欸欸？"

"抱歉，下次再来。"

我代替斯托布拉向店员低头道了个歉。斯托布拉嘀咕了一句"真是莫名其妙"。我把他拽到店外，把手机举到他面前。

"干吗？"

"你看哪，这是非法侵占罪，抓到了要坐五年牢。还是乖乖把借来的东西还回去吧。"

斯托布拉看完手机上的内容，吓得浑身发抖。

"好可怕，差点要坐牢。"

"虽然不清楚实际会不会被判刑，但看起来挺严重的。"

"是呀，还以为即便被发现，也只是罚点款。"

"差点要留下案底。"

"是呀，幸好没卖。大原小姐，谢谢你告诉我这些。"

"不客气……"

突然，一种难以言喻的感觉袭上心头。

他完全可以说"是你唆使我卖的吧"。我阻止了斯托布拉把书还给原主人，还在旧书店催促他快点卖掉。他却对我说"谢谢"。他到底在想什么？我疑惑地抬头看向斯托布拉的脸。他神色淡漠地问道："嗯？怎么啦？"

他并不腹黑，实际是个心地善良的人。我当时是这么想的。没错，那时的我还没有意识到一起惊世骇俗的事件正在悄悄拉开帷幕，而我也因此看清了他隐藏在善良面具下的本性。

"惊世骇俗的事件，听着好可怕。"

听到我的录音内容，斯托布拉不悦地皱起了眉头。

"仓桥先生，这样下去可不是办法，接下来要尽量向我展现你的本性。"

"什么本性？我现在也没掩饰什么呀。"

"我想收集一些有关你腹黑的素材。但目前我完全没有看到你品性恶劣的一面。"

好不容易来到这里,结果我的故事还没有任何进展。把借来的书卖钱这个办法行不通了,接下来必须要想办法让他暴露自己的本性。

"哎,大原小姐,你还要来呀?"

"我想多收集一点素材,如果你不嫌麻烦的话。"

"我倒是不嫌麻烦。不过,你真的好喜欢跟陌生人打交道哇。"

斯托布拉打心底感到佩服。

"没有啦。都是为了小说嘛,只能尽力而为。"

我才不喜欢跟陌生人打交道。我这人怕生,不善与人交往。平时我从来不去别人家,更别说像这样跟陌生人交谈了。但如果是为了小说和素材,多难的事我都毫不畏惧。可能在我看来,这是必须完成的任务,由不得自己是否愿意吧。

"嗯,我懂。在学校也是一样,当了班长或者班干部后,时常会做一些不符合自己性格的事情。事后回想起来的时候,连自己都会感慨,原来我对待工作这么认真。"

"是呀。"

斯托布拉十分赞同我的想法，但我初高中没当过班干部，无法理解他说的那种感觉。

"我下次还可以来采访你吗？"

"可以呀。那个，明天有人来我家，那就星期六……不行，他可能会住一晚，那就星期六下午怎么样？"

"嗯，那就这么定了。"

"好，那后天见。"

斯托布拉说完，朝我挥了挥手。我则低头行了个礼。我瞟了一眼手表，马上六点。不过是去了趟旧书店，时间就这样不知不觉地流逝。我的公寓在车站对面。我转身刚要走进公寓大楼，却发现斯托布拉还在挥手。那个，这时候要怎么做比较好？说声"再见"吗？可他应该听不到吧。我只好再低头行了个礼，匆忙朝家里走去。

2

大家口中的腹黑男——仓桥让是个不苟言笑、让人捉摸不透的人。但第一次拜访的时候,他很爽快地让我进了房间,还大方地配合回答了很多问题。我怂恿他卖书的时候,他二话不说去了旧书店。但我改口说别卖的时候,他很快又听从了我的建议。我从他的言行举止中感受不到一丝人性的黑暗。难道是我找错目标啦?不,长相凶狠的人不一定会犯罪,也许那种看起来人畜无害的人才更难对付。而且,那家伙会时不时说出一些令人讨厌的话。我想起来,斯托布拉还问过我是不是没有朋友。

我小时候喜欢幻想。很多孩子会想象自己要是能像鸟儿那样在空中飞翔就好了。但我的想象力会无限膨胀,而且一发不可收拾。

变成鸟儿后，每天在空中飞也很无聊吧。飞的时候可以带多少东西呢？可以边说话边飞吗？鸟儿是按什么分群的呢？抽签？猜拳？要是关系好的分在一起倒还好说，那万一跟关系不好的分到一队怎么办？它们什么时候停下来吃饭呢？要是我手臂痛了跟不上队伍，会有人来照顾我吗？

一旦开始想象，我会围绕这件事冒出许多疑问和想法。我小时候就是这样一个孩子。上小学的时候，我会跟朋友一起讨论并分享想象的内容，大家都夸我很有趣。

到了初中，我想象的东西开始接近现实。

比如我会想象要是我跑得很快会怎么样。平时毫不起眼，运动会上突然化身飞毛腿。明明没有练习，却能十秒跑完一百米，甚至有人建议我参加奥运会。但其实我擅长唱歌，将来想当歌手。

又比如，我会想象自己抽签当上了班干部，平时沉默寡言的我联合其他人气超高的男班干部一起，接连为班级解决各种难题。到了初三那年，我当上了学生会会长，让走下坡路的学校重回名校之列。

最后，我成了当地的县长。

想变成小鸟倒还好，但想成为歌手、想变得受欢迎这种事情不便与旁人分享。进入初中后，我再也没碰到过跟我一样喜欢幻想的人。而我依然沉浸在幻想的世界里，所以整个初中和高中生涯，我几乎没有朋友……不，其实相反。回想起孤单的过往，我不禁露出苦笑。正因为没有朋友，我才能尽情地沉浸在幻想的世界里。

不同于小学生，初中生大多很在意外表。我对自己的长相不自信，时常畏畏缩缩，别说跟人主动搭话了，连被人搭话的时候，我都答不上话来。可能我当时的样子很滑稽吧，有那么一瞬间会给同龄人一种"这家伙很好欺负"的感觉。虽然没到被霸凌的地步，但时常会有一些调皮的家伙嘲笑我是笨蛋。跟我一样不起眼的孩子会故意跟他们搞好关系，生怕被周围人当成是我的同类。

所以，我只能沉浸在自己的世界里，漫无边际地幻想。这样可以减轻孤单带来的痛苦，也可以暂时忘却现实那个不堪的自己。慢慢地，我变得不再关心周围的事物。升入高中后，我开始尝试把自己想象的东西写成文章。见我休息时间在本子上奋笔疾书，有同学嘲笑我"好恶心"。但我不在乎，反正没人会跟我做朋友。

上大学前，我把存稿里自认为最好的一篇拿去应征了文学奖。我写的东西连父母都没看过。可我已经积累了很多故事，要是再堆积下去，我会很难受。我希望自己写的东西能被人看见，哪怕只是一小部分也好。我希望能让陌生人看到。

意外的是，我的作品获得了优秀奖。因为是刚上大学时获得的奖项，有个新生是作家的事情很快在校内传开，大学的告示栏里也高调地张贴着当期的新闻报道。走在路上也开始有人来问我："你就是大原早智同学对吧？"偷偷摸摸写文章会被嘲笑恶心，但公开发布并获得奖项后，就会收获许多好评。

多亏了文学奖，找我搭话的人多了起来。而我也慢慢地习惯了与人交往。以前我很在意外貌，不管做什么事都小心翼翼。后来我才想明白，初高中时期的卑微心态才是我日常痛苦的源头。如果对自己不自信，说话时先强调一句"我是丑女"不就行了。这样对方就不敢说"你明明这么丑"之类的话了。后来我不再小心翼翼，遇到任何事都能波澜不惊。因为这个，我的大学生活轻松了不少。

　　我虽然没有交到特别要好的朋友，但至少还有一些可以支撑正常校园生活的淡水之交。不知道斯托布拉有没有朋友，那些背后称呼他为斯托布拉的人肯定不是朋友。像他这样借东西不还，应该没有真正的朋友吧。

3

"真正的朋友？什么意思？"

我再次来到斯托布拉的家中。面对我的提问，他露出了惊讶的表情。

"比如，能在危急时刻向你伸出援手，愿意了解你的想法、知道你真实性格的人。"

我也不知道什么才是真正的朋友，只好随便打了几个比方。

"那你能分辨眼前的朋友哪个是真的、哪个是假的吗？"

"也不是这个意思。我只是想知道你有没有真的朋友。"

五月二十一日，我按照约定，在周六的下午拜访了斯托布拉家。可能是跟家里的客人一起吃了午餐吧，桌上还剩了一些肉酱。

"怎么说呢，我有朋友，但无法确定真假，仅此而已。大原小姐呢？你有真正的朋友吗？"

"这个嘛……"

我也想毫不犹豫地说有，让斯托布拉无话可说，可我没有。我身边没有关系这么要好的人，而且即便我认为是朋友，对方也不一定这么认为。别人有困难的时候，我会主动伸出援手。但我有困难的时候，我不确定是否有人愿意帮我。

"看吧。"

斯托布拉露出了得意的表情。

我立刻反驳道："但没有人在背后叫我腹黑女。"

"既然是背后说，肯定不会让你知道哇，说不定有人在你不知道的地方说过你坏话呢。不一定是腹黑女，也可能是天才女胖子什么的。"

斯托布拉说完，笑了起来。

这家伙品性真的很恶劣。今天才见面几分钟就说出这种话，真是佩服。

"啊，刚刚的话说重了吗？当我没说过，是你说我腹黑，所以我才说话难听了点。"

他也感觉到了不妥,连忙对我道歉。

"说出去的话是收不回去的。你要是政治家的话,恐怕早就被骂到辞职了。"

斯托布拉用事不关己的语气说道:"好可怕,我只是不小心嘴瓢了而已。"

"你肯定在心里认为我很聪明,但太胖了,所以才会说出这种话吧。"

"怎么说呢,你很聪明,但我觉得还没到天才的地步。你是有点胖,但还不至于被叫胖子。有时候说出来的话不一定就是自己想表达的意思,是我用词不当了。"

斯托布拉找了一个不知道算不算失礼的借口。

"开始叫人天才女胖子,这会儿又改口,恐怕没人会接受吧。"

"也是呀,抱歉抱歉,别生气嘛。"

斯托布拉道完歉,站起来,说:"来喝点茶吧,难得你带了点心过来。"

他虽然腹黑,但好歹花了时间配合我采访。空手拜访有点不礼貌,所以我来的时候顺路去了一趟车站前的进口食品店,买了点巧克力点心。斯托布拉拿出我买的点心,摆好盘后放到桌上,然后在杯子里倒上红茶。

跟我姐姐一样。我去她那玩的时候,她也会开心地打开我买的点心,整齐地摆到餐桌上,然后对我说:"一起吃吧。"她结婚生子后,接人待客变得十分熟练,可能家中时常有客人来吧。斯托布拉这点跟我姐姐很像。

我把姐姐的事告诉了斯托布拉。他听完后,说道:"嗯,因为她经常这么做。"

"是吗?你女朋友刚走对吧,她是个怎样的人呢?"

"呵呵,怎么搞得像查户口。"

斯托布拉坐到我对面的沙发上,回道:"但来的那个女孩子不是我女朋友,只是女性朋友而已。"

"女性朋友住在你家里吗?"

"是呀,异性朋友确实不方便,但她最近遇到点困难,所以我只好收留她了。"

"不是吧?"

"是真的。"

"真的有异性朋友这么做吗?"

"有吧。"

还以为这种桥段只会出现在电视剧或者漫画里,没想到现实竟然也有这种事情。斯托布拉面带坏笑的回答令我为之震惊。我继续问道:"莫非,你跟那个女孩子?"

"毕竟我们都二十岁了。"

斯托布拉神色淡然地说道。

深夜时分,一个女孩儿来到斯托布拉家中。那个女孩儿有着一头柔软的茶色卷发,化着自然的妆容。看样子应该是个女大学生,但她并非斯托布拉的女友,而是他朋友的女友。

即便如此,斯托布拉还是毫不犹豫地让女孩儿进了房间。倾听完女孩儿的困扰,斯托布拉给了她一些临时性的建议,很快两人发生了一些不可描述的事情。

他对女人来者不拒,不管是朋友的女朋友还是

魅惑恶人备忘录

刚见面不久的女人。斯托布拉带着轻蔑的笑容,说:"我都已经二十岁了。"他以此为借口,不断跟女人发生关系。

  为避免忘记刚刚那种恶心的感觉,我连忙录起了语音备忘录。
  斯托布拉只是在一旁默默倾听着。等我录完,他这才开口说道:"那个,我可以反驳几点吗?"
  "请说。"
  "首先,她没有染发,而且她留的是短发。其次,我的确喜欢女人,但也不是来者不拒。我也有自己的喜好。啊,不过,我喜欢的类型比较多。"
  "哎。"
  "还有,发生不可描述的事情什么的,你不觉得很低俗吗?"
  "是吗?"
  "直接写上床不就行了,听着还没那么低俗。"
  等等,这个腹黑男竟然想对我的小说指手画脚?
  "但是,我最在意的还是……"

"是什么?"

他似乎还心有不满,对我露出了不耐烦的表情。

"为什么总是写我露出淡淡的微笑?还有什么窃笑、淡淡地笑了笑。"

"毕竟是小说,本来就是虚构的。"

斯托布拉用双手摸着自己的脸,说道:"可你录进去的是你当下的感受,对吧?也就是说,我总是顶着一张似笑非笑的脸,是吗?"

"时不时露出微笑的人会给人感觉很坏吧。我这只是做笔记而已,不用在意。"

"这样啊,那好吧。好,赶紧吃吧。"

斯托布拉倾吐完后,心情也畅快了不少。他若无其事地拆开巧克力包装,直接把巧克力丢进嘴里。

"哇,这个超好吃。从来没吃过这种口味的,你也尝一个。"

"好。"

什么叫我也尝尝,我就是因为吃过才特意买了这个,我知道是什么味道——我边想着边吃了个巧克力。那是我最喜欢的杏仁蛋白软糖巧克力,咬开的瞬间，杏仁蛋白软糖的浓郁香味顿时在口腔里扩散开来。

"这个中间包的是什么？"

斯托布拉再次撕开一个巧克力，但这次他没有一口吃掉，而是咬开一半，看了看中间的夹心再塞进嘴里。

"中间是杏仁蛋白软糖。"

"杏仁蛋白软糖？"

"草莓蛋糕上不是经常有圣诞老人、小动物之类的装饰品吗？那个就是杏仁蛋白软糖，里面加了杏仁粉和砂糖。"

"哦，我小时候好像吃过。但是这种味道吗？"

"你肯定觉得不像吧？因为这是德国产的点心，里面加入了少量糖和大量杏仁，吃起来不甜但很香。杏仁香脆爽口，非常好吃。然后这个巧克力……"

"啊，我知道了，知道了。"

我本想继续介绍巧克力点心，斯托布拉笑着打断了我。

"真的知道啦？"

"嗯，我知道你是因为爱吃才会变得这么胖的。"

我非常喜欢点心，经常买很多回去吃。因为吃太多，我越来越胖，可我怎么也戒不掉。

"要你管。"

"别生气呀，我是在夸你哦。能品尝到这么多好吃的东西，胖点又有什么关系。这个比我以往吃过的巧克力都要好吃。"

斯托布拉说完，往口中塞入了第三个巧克力。

"嗯，也是。"

原来自己选中的点心被人喜欢的感觉是这么自豪。看着斯托布拉边吃着巧克力边念叨"这就是杏仁哪"的样子，我顿时心情大好。

斯托布拉边嚼着第四个巧克力边说道："然后，我今天要做什么？"

"回答我几个问题，然后像平常一样就行。"

"像平常一样，我今天下午不用打工，想睡个午觉。"

"那在你午睡前我问几个问题。"

"请问。"

"你最恨的人是谁?"

我打开事先准备好的提问本。今天我打算问清楚他为什么会被贴上腹黑男的标签,以及他最恨的人和最嫉妒的人分别是谁。

"我想想啊……这问题好难答呀。我没有恨的人。"

斯托布拉笑出了声。

"是吗?那你讨厌的人是谁?"

"嗯……怎么说呢。"

斯托布拉边喝着红茶边歪头思考起来。我也喝了口红茶。

"没有特别讨厌的人。"

"没有?"

"嗯,我虽然被很多人讨厌,但我并没有讨厌的人。"

自己没有讨厌的人,却被很多人讨厌。想想真是不公平。但斯托布拉应该没有撒谎吧。得知我想写坏人的故事,他毫不犹豫地答应了我的请求,由此可见,他并不排斥陌生人。

"那我问你，你有讨厌的人吗？"

"这个嘛……讨厌的人哪……"

很遗憾，我有不擅长应对的人，但没有讨厌的人。即便在没有朋友的初高中时代，我也不曾讨厌过谁。我会偷偷观察班里的同学，如果有同学嘴巴很毒，我会觉得他是在关心别人。对于脾气暴躁的同学，我会认为他是真的在为朋友着想。如果能轻易地讨厌别人，那样反倒轻松。如果是品性恶劣的人，被讨厌也是理所当然。我没有讨厌的人，可我还是交不到朋友，这样的现实更令人悲伤。

"没有。"

"就知道。爱憎分明的人应该对自己超级自信吧。"

"那你知道自己腹黑吗？知道这个称号怎么来的吗？"

"这我怎么知道。大家起外号不都是心血来潮吗？"

"也是呀。"

"我喜欢女人，可能因为这方面不太检点吧。因为我这人很随便,即便是朋友的女朋友,也能很快搞到一起。因为我不在乎旁人的看法。"

如他所言,他对外界的人和事都提不起兴趣。他不在意被人说腹黑,也没有讨厌的人,可能因为他不太关心周围人的想法吧。肯定有人讨厌这种人吧?但他不算是坏人,顶多是一个对人际关系比较随便的人。他身上没有阴郁的负面情绪,也没有令人毛骨悚然的阴暗想法。在学校被人说品性恶劣这件事,他本人应该也心知肚明吧。

"这点程度不至于被人说腹黑吧。"

"我也觉得,没大家说得这么夸张吧。那些人起外号也太随便了。"

"是吗?这样啊。"

斯托布拉住的房间条件很好。问起原因,他说:"因为家里相对经济宽裕,而且我也在打工。"问起学习和运动,他说:"都处在中上水平吧。不对,都中规中矩吧。"如果在某方面成绩出色,很容易得到周围人的认可。但如果成长环境优越,平时运气又不错,就很容易被大家疏远。

"那家伙好烦人哪。"

"见到女人就下手。"

"真是太腹黑了。"

他应该就是因为这个被称作斯托布拉（腹黑男）的吧。说人坏话可以让情绪得到宣泄，说同一个人的坏话会让大家产生团结感。所以他最终被冠上了腹黑男的绰号，大家也潜意识里认为他是个品性恶劣的人。经过两天的观察，我发现斯托布拉并不符合恶人的设定。就在我沮丧地认为找错人的时候，我随口又问了一句。

"仓桥先生，你还有其他绰号吗？"

"绰号？"

"斯托布拉以外的绰号。"

"斯托布拉是大家在背地里称呼我的方式，不算绰号吧。那是在背后骂人吧。"

"这样啊，那你的绰号是？"

"小学的时候大家都称呼我小让、小仓什么的。啊，高中快毕业的时候，大家叫我 GIZE……"

斯托布拉似乎回忆起了什么，露出了苦涩的

表情。

"GIZE？"

听起来像是某个战队的名字。斯托布拉苦着脸解释道："就是伪善者（GIZENSHA）的简称。"

"伪善者……等一下，这名字很不错呀。"

"很不错？"

"是呀，很不错呀。"

我用力点点头。斯托布拉可能不是很好的恶人原型，但绝对是不错的小说人物。

高中时期被称作伪善者（GIZE），大学被称作腹黑男（斯托布拉）。竟然在不同的学校和环境下被起了两个截然不同的外号，只有性格扭曲到一定程度的人才能办到吧。

我极力压抑住内心的兴奋，问道："为什么大家要叫你伪善者呀？"

"也没有为什么吧，因为我高中时期是篮球队的队长。"

"哦。"

看来能听到一个很精彩的故事。队长利用权力欺压后辈吗？还是说，在老师和女生面前装好人，背地里欺负弱小？就在我激动地等着听故事的时候，斯托布拉却支支吾吾起来。

"哎呀，这个故事……"

"怎么了吗？"

"这个故事说起来比较复杂。"

"那我得听听是个怎样的故事。"

"不要。剩下的你按照自己想象的写不就行了。"

"这不是想象，是创作。"

还差一步就能接近斯托布拉的核心部分。高中时期竟然被称作伪善者，那确实是个品性恶劣的人。伪善者，这个外号充满了嘲讽与憎恶，是腹黑男这个外号完全无法比拟的。如果深挖下去的话，应该能得到一个真实而复杂的故事。但斯托布拉似乎不愿提及高中时代的事情。

"差不多该收拾一下了。"

说着，他拿起了杯子。

好不容易找到故事的关键部分，我可不想错过这次机会。但要怎样才能让他开口呢？

"我是为了寻找坏人才来到这里的,就算知道了你不好的一面,我也不会因此对你感到失望。越是不好的回忆,说出来对我帮助越大。"

"我不是怕你失望,是觉得很麻烦。"

"稍微说一点点就行。"

"不要,我不想说。"

既然他如此坚决,我也不好再死缠烂打。我没有跟谁构筑过稳定的关系,也没有从正面跟谁打过交道,所以我想不出合适的方法。啊,我该怎么办才好?我无奈地环顾四周,却发现了一件意外的事情。

"咦?仓桥先生,你把书都丢了吗?"

书架上空空如也。

"没有,昨天寄出去了。"

"寄出去?"

"寄给原主人了。"

"好厉害呀。"

竟然一天之内把借来的书全都还了回去。

"我发信息问到了他们现在的地址,然后去邮局寄的,费了我好大工夫。"

"但是,你自己的书呢?"

"我那部分卖给旧书店了。反正也没剩几本了,干脆全都处理干净。"

"欸?那剩下的这几本一定是你很喜欢的吧。"

我拿起仅剩的三本漫画。是《浪客行》①,画面精美,风格独特。我在书店见到过。

斯托布拉若无其事地回道:"那三本是没还回去的。"

"因为不知道地址吗?"

"也不是……"

"那为什么?全都还回去不就行了。"

"怎么说呢,是因为联系不上了。"

他似乎很不愿提及这件事,显然跟书的主人之间发生过什么。

"对方是你高中篮球队的队友吗?"

斯托布拉回道:"不是,是后辈。"

---

① 译注:《浪客行》是日本漫画家井上雄彦的青年漫画作品。

高中球队时期（伪善者时期）的后辈。竟然联系不上，是曾经欺凌过对方吗？斯托布拉看起来没那么强势，可能是那种表面装好人、背地里疯狂报复的人。所以才被后辈称作伪善者。这样比较说得通。

表面是个阳光开朗的运动员，背地里却阴险狡诈。体育馆里每天上演着阴暗的行为。只要问问斯托布拉的后辈，应该就能知道故事的全貌。终于看到曙光了。

"去把这几本书还回去吧。"

我的声音也下意识地变得明快起来。

"以后再说吧。"

"别等以后了，就现在。"

斯托布拉不耐烦地说道："为什么我要为你的小说做到这种地步？我又没什么好处。"

"这个呀……要不我分你一部分版税？"

"不要。我不缺钱。"

"那你可以跟别人说这本书的主人公是你，出版一本以自己为原型的书，不觉得很有面子吗？"

"我可是被写成了坏人哪，我才不要。还有，名字要用化名。"

"放心,我不会让别人认出来的。那个,既然如此……"

我需要他配合采访,助我写完这部小说。但我能给他什么呢?任凭我怎么思考,也想不出答案。我只好如实地告诉他:"抱歉哪,我给不了你什么。"

"对吧,我真是亏大了。"

"哎……但是,你不帮我的话,我就难办了。"

"剩下的随便写不就行了,你肯定也有过阴暗的心情和纠葛的情感吧,在这个基础上创作不就行了。"

"话是这么说没错……可是,我……"

我的成长过程并不健康。初中时期,因为没有朋友,每次学校举行活动,我都很想请病假回家休息。高中时期,我时常被人说"丑女真是不知天高地厚""听说她在写小说,好可怕"之类的。但我没有能力去憎恨周围的人。我会告诉自己"我性格内向,长得也很丑,会被嘲笑也是没办法",然后把自己隐藏起来,借此逃避现实。我的人生中没有任何可以支撑我构筑人际关系的东西。

编辑可能也猜到我的校园生活无比阴暗，所以他提议，说："大原老师，你写初高中时代的事情不就行了，或者写现在的大学生活也行。比如跟朋友的关系什么的，这些都很符合吧。"

"不用写美好的一面，只要你把校园人际关系的阴暗面真实地刻画出来，绝对会是一部有趣的小说。品性恶劣至极的坏人可以试试这个主题。"

我确实没有享受过校园生活，但并不是因为身边有坏人。是我生性自卑，把自己封闭在了奇怪的自我意识里而已。我从来没跟谁深交过，也没体会过朋友关系里的坏。所以我不知道要如何描写坏人和冷漠的人际关系才能有真实感。初高中的六年时间，留给我的不是讨厌的回忆，而是空洞的过往。我知道，这次我必须立足现实，写出一部不同于以往的小说。如果放弃小说这条道路，我会失去活着的意义。

我有一搭没一搭地向斯托布拉倾吐着。

"既然答应了帮你，我就会负责到底。"

斯托布拉终于松口。

"可以吗？"

"嗯，我不说出来的话，未免有些不公平。"

"不公平？"

"没错，因为我刚刚听说了你的故事。"

"哦，这个呀，确实。"

我竟然毫无防备地说了这么多，连我自己都吓了一跳。我从来没跟人提过我初高中时代的经历，倒不是因为我对斯托布拉敞开了心扉，我只是想知道他在球队时代发生的事情，所以才自然而然地说出了自己的故事。但我不会像诉说真心话那般感到羞耻，相反，我会为心事得到倾吐而感到舒畅。

"那你可以跟我说说你高中时代的故事吗？然后再去把这本书还给你的后辈，可以吗？"

"嗯，好吧。"

"我希望能尽量早点。"

我也不想催他，但小说的截稿日是六月上旬。我不能把时间全花在采访上。

"什么嘛，我也很忙的。既然如此，那我可以提个条件吗？"

斯托布拉坏坏地笑了笑。

条件？什么条件？得知我跟出版社有联系后，有人曾来拜托我说"我拍了很多照片，可以帮我出书吗""我很擅长画画，可以介绍一家出版社给我吗"之类的。斯托布拉的条件也是这种吗？还是说，他想要我收集大学的课程笔记，或是让我去替他上课之类的？我可不会答应。我必须态度坚决。想到这里，我用高冷的语气问道："什么条件？"

斯托布拉说道："给我带好吃的。"

"好吃的？"

"没错，今天的巧克力非常好吃。我已经二十岁了，一般食物基本能想象到是什么味道。但那个什么杏仁蛋白软糖还是第一次吃到，我有点感动。"

"对吧。"

我下意识地提高了音量。

我第一次吃这种巧克力的时候也有同感。没想到杏仁蛋白软糖这么好吃，杏仁的香味和松软的口感真的让人欲罢不能。我一口气吃了一盒，之后又跑去买了一盒。

"好哇,没问题。"

能得到他的认可,我也很开心。我连忙点头答应下来。

"不愧是胖子,果然可靠。"

我一时间竟分不清他究竟是夸我还是贬我。总之,斯托布拉终于答应继续配合我采访。

4

腹黑男,这世间应该不止一个人叫这个绰号吧。但他身上有着无比恐怖的过去。

伪善者,他高中时代背负着这样一个称号。他表面是篮球队队长,背地里却坏事做尽。

我在电脑上写文章的时候,无意间想起了斯托布拉说过的话。

"既然答应了帮你,我就会负责到底。"

斯托布拉神色淡然地说完,又一次接下了对他没有半点好处的采访。

他行事果断,这点有好处也有坏处。他对待男女关系太过随便,会被指责也是理所当然。所以我能理解校内的人为何都称呼他为腹黑男。

但伪善者这个称呼明显充满恶意,他为什么会被扣上这种绰号？一个会如此轻易答应别人请求的人，为何会被人如此针对？

我想写坏人的故事，所以他越坏，对我来说越好。可我总觉得不对劲。我只见过斯托布拉两次，但随着接触的深入，我对他也慢慢地有所了解。我知道他不是真正意义上的坏人。他会笑着称赞点心好吃，会心平气和地接受我无礼的要求。这种人怎么可能是伪善者？

想到这里，我苦笑了一声。所以说我太天真了。正因为我总是这样单纯地思考问题，所以才只能写一些轻松愉快的故事。斯托布拉就是个轻浮、腹黑的伪善者，待人和善不过是表象。我一定要问清楚故事的来龙去脉，让后辈揭发他的恶行。为此，我必须要准备点好吃的。

带点什么好呢？我翻开从抽屉里取出的笔记本。自从进入大学，开始一个人生活后，我便习惯在这个笔记本里记录自己尝过的美食。不过，我记录的不是什么高级点心，大多能在商场或超市里买到。

斯托布拉很中意今天的巧克力，说明他喜欢吃甜食。最近吃到的比较好吃的点心是用坚果和黄豆粉做成的黄豆粉团，在超市的点心区就能买到。口感松软，非常好吃，但会不会太普通啦？车站前的蛋糕店会卖一种临时加卡仕达酱的螺旋面包，吃起来很脆，奶油的奶味也很浓，完全不敢相信才一百日元，但还没好吃到"惊艳"的程度。我吃完感到惊喜的点心是什么来着？

　　正如斯托布拉说的那样，人到了二十岁，市面的美食基本都尝过，即便是没吃过的，也能猜到大致的味道。意料之外的味道和口感，有这种东西吗？我翻看起最近一年的记录，最后目光定格在"焦糖生牛奶糖"上。对呀，之前在北海道超市博览会上买到的焦糖生牛奶糖口感香甜，入口即化，给我留下了深刻的印象。更令我惊讶的是，它的制作方法超级简单。焦糖生牛奶糖价格非常贵，不知道能不能像生巧克力一样，买点市面的焦糖，融化后加入生奶油之类的进行凝固？我上网查了一下，发现有好几种做法。我立刻试做了一下，没想到很成功。只要用微波炉把焦糖融化，加入生奶油和黄油，冷却后就变成了柔软滑嫩的焦糖生牛奶糖。制作方法的简单程度令我大为震惊，那段时间我做了许多不同口味的焦糖生牛奶糖。

好，决定了。虽然要费点手工，但也只是把半成品融化凝固一下就行，过程不算烦琐。斯托布拉家里应该有微波炉和冰箱。如果当着他的面做出来，他一定会很惊讶的。

只要把焦糖、黄油和生奶油带过去，做好后，趁冷却凝固的时候采访就行。吃完再准备把书还给后辈，完美。

我独自拟好计划，满意地合上笔记本。这是我第一次回去翻看这本笔记，记录美味的东西能让我从中获得满足感。长这么大，我还从没有为谁准备过点心。

5

五月的最后一周,阳光和煦,刚好适合穿短袖。自上次拜访过去了一星期,又到了约定采访的日子。今天是周六,外面日和风暖。

斯托布拉家离我住的公寓大约有三十分钟路程,他住在一栋离车站仅五分钟路程的公寓里。可能如他本人说的那样,家里经济比较宽裕吧。

大学开学前,妈妈陪我四处找房子。车站附近的公寓租金太高,以我家的经济状况难以支撑。最后我选了一处离车站近三十分钟路程的公寓,去学校需要步行二十分钟。至少能走路上学,对我来说足够了。我现在住的公寓是一个六榻榻米大小的单间,虽然谈不上宽敞和精致,住起来也有许多不便,但能单独生活,我很满足。

从我的老家到大学要乘坐近两个小时的电车,

不算远到没法上学，我跟家人的关系也没有很差。但我想换个生活环境。换个地方的话，也许会有不一样的际遇。初高中开学时，我也是这么想的，但最后改变的只有环境，而我依然过着一成不变的生活。

但好在大学开学有了很大改观，至少比以前好了许多。大学跟初高中不一样，不会以班级为单位参加活动，也不用那么在意旁人的目光。更重要的是，因为获得了文学奖，主动找我搭话的人也多了起来，我也慢慢习惯了与人往来。为了创作小说，我甚至可以毫无顾忌地拜访男同学的家。

但我自己没有任何变化。现在也只是有人找我搭话，也有人陪我吃饭，仅此而已。每当被要求跟同年级的同学组队，我还是会像初高中时期那样，不知道该找谁搭档，不敢上前搭话，焦躁地在一旁徘徊。结果，我跟那时一样，依然是孤身一人。

我刚按门铃，斯托布拉很快便开了门。

"周末打扰，真是抱歉。"

"没事,反正我也闲着。"

斯托布拉爽快地把我请进了房间。刚进房间我便说道:"那个,我想给你做好吃的焦糖生牛奶糖。"

"自己做?"

斯托布拉惊讶地睁大了眼睛。

"说是自己做,但也只是把买来的材料融化后凝固一下而已。"

"好厉害呀。"

"可以借用一下你家的微波炉和冰箱吗?"

"当然可以。"

得到斯托布拉的应允后,我走进了厨房。我从没有去过谁家做客,这是我第一次进别人家厨房。可能因为平时不做饭吧,斯托布拉家的厨房十分整洁。

"那我开始了。"

我洗干净手,把材料从袋子里拿出来。

"麻烦了。"

"先把焦糖放在盘子里。"

"这样啊。"

"我买了两种，可以放在一起。"

"欸？大原小姐，你是在录《三分钟食谱》[①]吗？"

可能因为我每做一步之前都要先说明做法吧，斯托布拉笑了起来。

"没有哇，我只是觉得一声不吭地做有点奇怪，所以才说一下做法。"

这是我第一次在外人面前下厨，也是我第一次为其他人做点心，好不习惯。我也笑着说："很奇怪对吧？"

"不会呀，很有趣，你继续说吧，我也想知道做法。"

"是吗？那、那个，先全部放进这个盘子里。"

接下来要把两盒焦糖倒到事先备好的深盘里。

"要把成品焦糖融化对吧。"

斯托布拉边说边帮我打开包装。

"嗯，这样会变成生焦糖。"

"为什么要变成生焦糖？不懂。"

---

① 译注：《三分钟食谱》是日本的一档美食节目。

"那样味道更浓稠多汁。然后，加入黄油和生奶油。"

我把保存在容器里的小份材料放了进去。

"你准备得很充分嘛……哇，闻到香味了。"

"把这个放进微波炉。"

"哇，这就做好了。"

"加热后搅拌，重复三四次，直到凝固。"

每当我从微波炉里取出盘子进行搅拌，斯托布拉都会在一旁感叹："这个绝对很好吃，有布丁、奶油面包和焦糖的味道。"

"应该可以了。"

经过三次加热，焦糖的软度变得恰到好处。斯托布拉边嗅着香味边说道："好，开吃开吃。"

"还没好哦。"

"欸？我现在就想舔一下。"

"不行，冷却下来会更好吃。"

我也因为禁不住香味的诱惑，在冷却前尝过味道。但没有冷却的焦糖生牛奶糖只有甜味，闻着很香，吃起来味道还差点。等冷却下来后，就会有种香甜多汁的感觉，味道要好很多。

我把盘子放进冰箱，边收拾厨房边说道："应该很快就会凝固，在糖果冷却前，先跟我讲讲你高中时代的故事吧。"

"大原小姐，你也太狠了吧。故意让我闻到味道，却又不让我吃。在我很馋的时候对我进行采访。"

说着，斯托布拉皱起了眉头。

我可没想吊他胃口。不过，闻到这香味，换谁都会忍不住想尝上一口吧。

"我这招确实不错。"

我点了点头。

"好吧，不过，不是什么很愉快的故事。"

斯托布拉边说边往沙发那边走去。

可能早就做好了心理准备吧，他刚坐到沙发上，便开始讲述起来。

"我所在的那所高中的篮球队虽然很强，但上下级关系严格。前辈可以若无其事地殴打后辈。"

"太过分了吧。"

很多社团都有严格的上下级关系。我们高中有几个社团也是这样。

"如果比赛失误,练习偷懒,或者态度不好,有些前辈会不顾队友情分,随意动手殴打后辈。顾问老师也是一言不合就动手,篮球队里的人早就习惯了暴力。"

运动社团里有一种独特的风气,平日对班主任的话充耳不闻的学生,到了顾问老师面前却言听计从。有些后辈无比崇拜前辈,对前辈无条件服从。我虽然没有加入过社团,但也见过这种情况。

"即便是跟社团无关的事情,他们也会毫不客气地使唤后辈。一不高兴就会动手打人,这已经是常态了。"

"所以你也沿袭了这种风气吗?"

原来是这样。斯托布拉以社团传统为由,不停地给后辈出各种难题,对他们恶语相向。身为队长,却百般欺压后辈,难怪会被称作伪善者。

"怎么可能!"

斯托布拉笑了笑。

"我很胆小,觉得那样的社团很可怕。跟我同级的队员大多性格软弱，球技也不好。所以，大家每天都过得很小心。等我当上队长后，我跟大家商量说想改变球队的风气，让大家可以更愉快地打球。"

"哎。"

"练球本来已经很辛苦了，还要因为无关紧要的事情被前辈数落，承受各种冷眼，未免太压抑了。用暴力让后辈屈服，这种做法太奇怪了吧。"

"然后，后来怎么样啦？"

"我们升到高三的时候，在第一次会议上提议说反对暴力，提倡新老队员友好相处，有事可以平等交流。一开始，球队的气氛确实有所改善，后辈也很开心。时常有人说，自打我当上队长后，社团活动也变得更有乐趣了。我也很开心，觉得自己开创了新的制度。"

"那很厉害呀。"

要推翻多年沿袭的传统并非易事，得到大家的感谢也是应该的，可这跟伪善者又有什么联系呢？

"但是，我们球队的实力越来越弱，在高三那年的春季大赛上，我们初战就被淘汰，明明上一届还是第二名。"

"实力变弱跟队员友好相处没有关系吧?"

"不,关系很大。按理来说,没有了严格的上下关系,没有了蛮横的强迫行为,大家更应该努力练球。道理大家都懂,可我们毕竟不是专业球队,大家也没有太大的野心。如果没人带动气氛,球队很快就会颓废,然后越来越差。"

"可这不是你的错吧。"

"全都是我的错。顾问老师也呵斥说,是我把球队弄得一团糟。大家起初很开心,后来也跟着抱怨说,自从我当上队长后,球队的士气一蹶不振……"

斯托布拉似乎回想起了高中时期的往事,眼神迷离地眺望着某个位置,似笑非笑地说:"不过,这也是没办法的事情。"真的没办法吗?我的心里莫名地涌起一团怒火。明明是队员自己偷懒不练习,导致球技变差,却怪罪到别人头上。斯托布拉不过是好心改善社团风气,最后却变成了他一个人的责任,这未免太奇怪了。想赢比赛的话,努力练习提升实力不就行了。

"太过分了,你也是为球队好,用暴力管理球队就是对的吗?"

"暴力当然要杜绝,但我应该更努力地带领球队进步。说白了是我能力不足,我对自己没自信,对别人说话不敢太严厉。我确实想改变社团风气,但也可能是因为自己领导能力不够,才想弱化上下级关系吧。"

"然后呢?"

"然后,这个故事结束了。"

"所以,后来就有了伪善者这个外号?"

"是呀。所以说不是什么有趣的故事嘛。"

"哪里伪善啦?篮球队的人知不知道伪善者是什么意思呀?"

我下意识地提高了音量。

"冷静点,大原小姐。"

见我突然生气,斯托布拉嘲笑了我一番,接着说道:"我可是把一个社团搞砸了,得到伪善者这个外号也不冤枉。我真傻,总想着没必要大喊大叫,只要心平气和地商量,问题总能解决,但根本无力回天。我当队长的那一年，球队只赢过三次。"

"所以大家就叫你伪善者吗？把社团的责任全都推到你一个人身上？这也太奇怪了。你也是为了球队好哇。"

"不管是出于善意还是恶意，如果结果很糟糕，大家只会觉得麻烦。而且，我毕业后，球队情况也没有得到改善，下一任队长明明是非常有实力的选手。曾经实力超群的篮球队，经过我一年的折腾，变成了榜上无名的菜鸟队。"

"那自以为是地动用暴力就是对的吗？"

"怎么说呢，放松气氛很简单，但放松后要想再收紧，那可就非常难了……话说，大原小姐。"

"干吗？"

我的声音变得有些尖锐。

"你不是来找小说素材的吗？"

"是呀。"

"那你听完我高中时代的故事，怎么光顾着生气了。"

斯托布拉皱起了眉头。

"但是,这个故事太荒谬了。虽然是别人的故事,但我还是很不爽。"

这是斯托布拉的经历,跟我没有关系。但我实在受不了这种事情,心里仿佛有一团怒火在燃烧。

"别生气啦,赶紧吃焦糖生牛奶糖吧,应该可以了吧?"

"你竟然还有心情吃,我恨不得立马去找篮球队那些家伙对质。"

"该生气的是他们吧。他们肯定会说,本来想加入篮球队大展身手,结果你把篮球队搞得这么差劲。"

斯托布拉笑了笑,从冰箱里取出装有焦糖生牛奶糖的盘子。

"可以吃了吗?"

"嗯,可以了。麻烦把它分成合适的大小。"

我把事先带来的厨房用剪刀递给斯托布拉。

"欸?我来剪开吗?"

听完斯托布拉高中时代的故事,我的心情迟迟无法平静。见我这般生气,斯托布拉安慰我,说:"这是常有的事啦。"或许他说得没错,但这是我第一次听到这种故事。从来没有人向我倾吐自己的辛酸和喜悦,也没人会和我分享那些令人愤愤不平的故事。

"分好了。"

斯托布拉把剪成一口大小的焦糖生牛奶糖拿给我看了看。

"那我们快点吃吧。太软的话会变得很黏。"

"那我就不客气啦。哇,真的入口即化……等一下,这真的好好吃呀。"

斯托布拉迫不及待地尝了一口,惊讶地说道。

"对吧?"

见他吃得津津有味的样子,我的怒火也逐渐得到平息。我也跟着尝了一口,口腔的温度逐渐将焦糖生牛奶糖融化,黄油的味道瞬间溢满口腔。

"这个虽然很甜,但入口即化,非常爽口。这么新鲜可口的点心,吃多少都不嫌腻。"

斯托布拉再次往嘴里塞了一块糖果。

"是呀。啊,你不用客气,随时可以录音。比如斯托布拉眼神空洞地讲述完高中时代的伪善行为后,脸上露出一丝坏笑什么的。"

斯托布拉调侃完，再次吃了一块焦糖生牛奶糖。可能因为刚倾吐完心事吧，他的心情舒畅了不少。

"我也想啊，可因为太生气了，什么也想不起来。"

"这没什么好生气的呀，我前阵子还因为你高中时代的经历生气来着。"

"我的？"

"是呀。就是你高中时代写小说，却被人说丑女不知天高地厚那段。这比我那件事还要过分吧。"

"是吗？可那是因为我性格内向啊。"

"性格内向不是他们说坏话的理由吧。我都想冲过去把你的高中同学全都大骂一顿。"

斯托布拉每说一句话就往嘴里塞一块焦糖生牛奶糖。

"是呀，可这是常有的事吧。"

即便回想起高中时代的遭遇，我也不会感到气愤。被人说坏话确实很可怜，但那是因为我性格内向，不善与人交往，所以大家都不想跟我扯上关系。看到我畏畏缩缩的样子，旁人难免会想说上两句吧。

"对于自己的遭遇，我们总喜欢把原因归咎于自己，即便想起也不会生气。但如果是朋友被欺负，我们会莫名地感到愤怒。"

"朋友？"

"是呀，我听到你的故事会生气，你听到我的故事也会愤怒。啊，再吃最后一个。"

斯托布拉拿起一块焦糖生牛奶糖。

"来，吃吧。"

"做得很成功呢。"

斯托布拉把点心放进嘴里，再次感慨："啊，太好吃了！"

我跟斯托布拉只交谈过三次，我见他也是为了小说，我们的关系还没有好到可以称为朋友，而我也没有想过要跟他做朋友。但话说回来，朋友的定义是什么？并不是相处时间久了就算朋友，也不是对方性格好就能成为朋友。我也不清楚我们算是怎样一种关系。斯托布拉说，听完朋友的遭遇，他会莫名感到愤怒。我也一样，听完他的故事，我无法抑制内心的怒火。

"借你漫画的后辈就是后来接替队长位置的人吗?"

我指了指书架上的漫画。

"啊,那个呀,没错。"

"那我们去把书还给他吧。"

"不要。"

"把这几本还了的话,书架不就干净了嘛。"

斯托布拉说道:"因为那家伙非常讨厌我。"

"已经过去三年了吧?社团的事情他肯定都记不清了。"

"怎么可能忘记。那家伙叫桧木,打篮球超厉害。他本来想大展身手,结果球队被我带废了。"

"那也不能因为这个就不还哪。"

"不行,我没脸见他。"

斯托布拉的态度十分坚决。

"那我去帮你还,可以把地址告诉我吗?"

"我们都不想跟对方再有任何瓜葛。"

"那你打算就这样拖着吗?会被指控非法侵占哦。"

斯托布拉自暴自弃地说道："我又没卖，有什么关系。"

"那个叫桧木的后辈很恨你对吧。"

"是呀。"

"那他有可能会告你。再拖下去，说不定会被抓去蹲五年大牢。你性格这么高傲，在牢里肯定不受待见。其他罪犯绝对不会轻饶你，他们不只会在背后叫你腹黑男，还会每天在狱警看不见的地方对你施暴。"

"太夸张了吧。"

"总之，你得去把这几本漫画还回去。"

我拿起书架上的漫画。

"大原小姐，你不是说你很内向吗？可我看你很有行动力呀。"

斯托布拉耸了耸肩。

"如果是自己的事情，我肯定不想动……但我现在很想帮你把书还回去。"

我性格既内向又消极。但如果是为了小说，做什么我都无所畏惧。只是现在情况有些不一样。这次不是为了小说，我知道自己做不了什么。可我担心斯托布拉和后辈之间存在什么误解，我想尽可能帮他们解开心结。我明明那么不自信，对这件事却无比坚决。

听完我的话，斯托布拉说道："八成还不回去。"

即便如此，他还是把桧木的电话号码告诉了我。

"那我联系这个电话，帮你把漫画还回去。我会把你的情况告诉他的。"

"大原小姐，你小说怎么办？"

"小说？"

"你不是要写坏人吗？似笑非笑那个。"

"哦，那个呀，下次再说吧。"

无论何时，不管在哪，我都喜欢漫无边际地幻想。但今天完全无暇顾及这些。

可以无限延伸、随心刻画各种故事的世界。我离不开那个世界，那才是我喜欢的地方。但我现在有更重要的事要做，我没有闲暇去幻想。

斯托布拉边目送我到玄关口边说道："我下次也要试试做焦糖生牛奶糖。把焦糖、黄油、生奶油混合凝固就行，对吧？"

"对，就是要从微波炉里拿出来搅拌几次，关键要充分融化。"

"明白了。那书的事情就麻烦你了。"

"包在我身上。"

说完，我猛地反应过来，这还是我第一次对别人说"包在我身上"这种话。听着有种胸有成竹的感觉。我抱着漫画，走出了斯托布拉的公寓。明明临近傍晚时分，外面却依然阳光明媚，空气中夹杂着一丝夏天的气息。

6

回到家后,我拨通了斯托布拉给我的号码,电话那头传来一阵爽朗的男性嗓音。起初我还紧张,不知道该如何介绍自己。但向对方说明我是仓桥先生的朋友后,他很爽快地回了句:"啊,原来是前辈的朋友。"我把漫画的事情告诉他后,他回答说:"啊,那个呀。其实不用还的。"但他还是答应了第二天见一面。

挂断电话后,我的手在微微颤抖。太神奇了,原来我这么勇敢。我竟然可以打陌生人的电话,并约对方出来见面。如果是我自己的事情,做什么我都需要勇气和决心,我时常会在行动前因为想太多而放弃。但如果是为了别人,我可以很轻易做到。明天要去见斯托布拉的后辈。想到这里,我顿时变得不安起来。

自打搬到这里以来，这是我第一次一整天没有开电脑。我一会儿看看电视，一会儿看看书，在忐忑不安的情绪中度过了这一天。

星期天傍晚，桧木先生来到了离我最近的车站。我们把碰面地点定在站前圆盘旁的长椅上。一个高个青年朝我走来，我立刻认出来是他。

见我拿着漫画站了起来，他连忙跑了过来。

"是大原小姐吗？"

"是的，抱歉哪，还麻烦你跑一趟。"

"哪里，是我麻烦你了。我都不看这书了，本来打算送给他的。"

他留着一头干净的短发，手臂的肌肉十分结实。虽是一米八几的大高个，但他说话总是面带微笑，丝毫没有威压感。

"仓桥前辈还好吗？"

桧木先生说着，坐到了长椅上。

"嗯。"

看来可以聊一会儿。我也在他旁边坐下。

"前辈现在还在打篮球吗？"

"应该没打了吧。你呢？"

"我当然还在打篮球。我加入了大学的篮球队。"

桧木先生露出一副理所当然的表情。他高中时期没有放弃，现在依然在坚持打篮球。听到这里，我也松了口气。

"这样啊，那就好。"

"我以为前辈也还在打篮球。那他在从事其他运动吗？"

"不清楚……应该没有吧。"

我自称朋友，却对他的情况一无所知。我只知道他高中时期的外号叫伪善者，现在又被称作腹黑男，仅此而已。

"真是可惜，前辈明明很适合体育运动。"

桧木先生的语气十分爽朗。我不解地问道："是呀……咦？不对呀，你不是恨仓桥先生吗？"

他一直称呼斯托布拉为"前辈"，言语间丝毫没有讨厌的意思。

"恨？我为什么要恨他？"

桧木先生露出讶异的表情。

"我听说你们高中时期是一个篮球队的……仓桥先生当上队长后,球队就开始走下坡路。"

"没错,我高二那年,球队的实力直线下滑。我们校队以前可是县级大赛的前四名,后来却经常第一场就被淘汰。"

桧木先生语气平静地诉说着过往的故事。

"你很有打篮球的天赋,而且又是下一任队长的接班人,仓桥先生觉得你肯定会怪罪他。"

"怎么会,球队退步又不是他的错。"

"可是,他觉得是身为队长的他没把球队管……"

"怎么可能。"

桧木先生打断了我的话,语气坚定地说道:"高中生说话时常不经大脑,有些人输了比赛就把责任推到前辈头上,当时我也跟队友随口抱怨了一句,说输了比赛是因为队长没本事。前辈不会当真了吧?球队退步当然是因为实力不行啊,因为没有练习才赢不了比赛呀。"

"可是,你们为什么要给仓桥先生起伪善者这种外号。"

"伪善者?"

"是呀,听说你们叫他 GIZE(伪善者)。"

"啊,我想起来了,我们确实这样叫过他。但当时我们是在说气话,前辈不会还在记恨这事吧?"

桧木先生皱起眉头,看着我的脸。为了不让他担心,我故作轻松地回道:"啊,没有,我们只是偶尔聊起高中时期的事情,然后说起这事而已。"

"那就好。前辈他们退队之前,跟我们年级的队员确实有隔阂。但这是常有的事……前辈球技过人,性格又开朗,我没想到他会那么在意。"

桧木先生嘀嘀咕咕地说道。他的表情有些复杂。

"没事啦。仓桥先生现在每天嘻嘻哈哈的,过得很开心。"

"嘻嘻哈哈?"

见气氛越来越沉重,我用半开玩笑的语气说道:"是呀,他跟大家关系很好,很会活跃气氛。现在没有人叫他伪善者啦。可能因为他喜欢到处恶作剧,大家都叫他腹黑男。"

"腹黑男？"

桧木先生惊讶地睁大了眼睛。看来我所认识的仓桥和他记忆中的仓桥截然不同。

"啊，这个没有骂人的意思，就是说他很会为人处世。"

"这样啊。前辈现在应该没那么大压力了吧。啊，对了，麻烦你帮我把这个还给他。"

桧木先生从包里取出一本笔记本，递到我面前。那是一本普通的大学笔记本。

"这是仓桥前辈在高中篮球队时使用的社团交流用记事本。他会在每天的练习安排上记录每个后辈当天的优点和有待改进的地方之类的，每个人都写了很多。"

"好认真哪。"

"仓桥前辈每天会跟队员交换笔记本。即便是从不写反馈的队员，他也依然会每天把笔记本给他。那个人在退队前，把所有的精力都给了篮球队。他当上队长后，决心要改变球队的气氛，不管大家说什么，他都坚持自己的想法。所以，在我心目中，他是个不在乎旁人看法，只一心坚持自我的强者。"

桧木先生说完，转念又嘀咕道："不对，即便是不回消息的家伙，他也依然每天孜孜不倦地给对方发消息，说明他还是挺在乎大家的想法的。"

我对斯托布拉的情况几乎一无所知，即便如此，我依然能想象他坚持把笔记本递给队员的样子。

"这本笔记本你不要了吗？"

"里面的内容我早就烂熟于心。我最后写了一段话，但一直没好意思给前辈。昨天我又慌忙加了一些内容。"

桧木先生难为情似的笑了笑。

"这样啊。"

"嗯，大学篮球队里的上下级关系比高中时期还严格。开会的时候，要被迫跪坐一个多小时，听前辈在上面说个没完。后辈经常被使唤去买东西，或者替前辈刷鞋。前辈不爽的时候，经常对后辈拳打脚踢。这哪里是社团活动。所以，等我升到高年级后，也要效仿仓桥前辈的做法。"

"效仿他的做法？"

桧木先生说道:"被称作伪善者也没关系,只要能改变篮球队就行。这种荒唐的事情,本就不该存在于运动俱乐部里。"

听着桧木先生爽朗的说话声,我已经迫不及待地想把笔记本交给斯托布拉了。

"我会立马把笔记本交给他的。"

我把笔记本放进包里。

"谢谢。另外请帮我带句话,告诉他'如果什么也不做,任由周围人称呼你为腹黑男,那才是最大的伪善者'。"

桧木先生站起来,笑了笑。

"明白了。"

桧木先生说得没错,被人称作腹黑男却无动于衷,实在无法理解。我向桧木先生道了声别,连忙朝着斯托布拉,不,那个被污蔑为腹黑男却从不辩解的仓桥先生家走去。

虽然没有事先约好,但我按响门铃后,仓桥先生还是很快开了门。

"怎么样？"

仓桥先生边说着边把我请进了房间。这人竟然不问是谁就直接开了门，看来心里早就放下了防备。

"啊，在这里就行。"

我走进玄关，在换鞋处停下脚步。

"是吗？可以进来喝点茶，我买了瓶装茶。"

"不用了，我说完就回去。"

"这样啊。"

"漫画已经还给桧木先生了。然后，他给了我这本笔记本。"

仓桥先生惊讶地说："大原小姐，你动作好快。"他伸手接过笔记本，接着又说，"啊，这是篮球队的。"

"是你交换出去的笔记本，对吧，他说最后没好意思给你。"

"这样啊，谢谢。"

仓桥先生没有翻开笔记本，而是顺手将其放到了鞋柜上。

"桧木先生给你写了留言，你翻开看一下哦。他现在也还在打篮球。"

为避免他随手乱丢，导致错过笔记本里的留言，我连忙补充了两句。

仓桥云淡风轻地说道："我猜到了，毕竟他篮球打得很好。"

"他说等他升到高年级，也要效仿你的做法。"

"谁说的？"

"桧木先生啊。"

"真的假的？"

仓桥先生露出狐疑的表情。

"是真的，他说想像你一样，改变篮球队的风气。"

"欸……"

看着仓桥先生一脸难以置信的样子，我本想把桧木先生说的话复述给他听，但想想还是放弃。桧木先生应该把这些写在了笔记本里吧。我决定只把那句话转告给他。

"桧木先生说，你好歹是一个曾经为篮球队拼尽全力的人，如果什么也不做，任由周围人称呼你为腹黑男，那才是最大的伪善者。"

仓桥先生点点头，说："也许吧。"

"我也有同感。虽然我不是很了解你，但哪有人被称作腹黑男还成天嘻嘻哈哈的。"

仓桥先生笑着说道："喂，能不能别把我写成一个成天似笑非笑的角色？我哪有嘻嘻哈哈的。"

"我不想再像高中那样被人责备、被人憎恨了。付出得越多，决心越大，到头来就越难过。有些东西无法传达，那种痛苦我无法忍受。我不想再纠结对错，只要大家过得开心，而我自己也乐在其中，那就够了。现在虽然被称作腹黑男，但至少活得很轻松。"

"或许吧。"

"我知道。"仓桥先生轻声嘀咕道。

"我只是表面活得自在。我明明不想再体验那种生活，可相比现在的我，我还是更喜欢球队时期的自己，哪怕那时候的每天都很辛苦。"

现在的你也很可靠哇，跟队长时期的你一样可靠——我很想这样安慰他，但终究没能说出口。

仓桥先生突然提高音量问道："对了，你的小说怎么样啦?"

"小说?"

"对呀,见到桧木后,有没有幻想出新故事?"

"哎,完全没有。"

对呀,前阵子我想写仓桥先生被称作腹黑男的经过,以及有关伪善者的过往来着。

仓桥先生担忧地问道:"没事吧?不用写了吗?"

"暂时先不写吧。"

"不写坏人的故事啦?"

"不是,我的意思是,先把小说的事情放一放。"

"什么意思?"

仓桥先生睁大了眼睛。

"我这两天完全没有幻想,这是我第一次出现这种情况。"

"大原小姐,原来你每天都在幻想啊。好可怕……不对,好厉害。"

"是呀。可明明没有幻想,我却时而紧张,时而兴奋,时而安心,总之心情起伏不定。在幻想的世界里,我可以交朋友,也可以谈恋爱,可以吵架,也可以和好，我或悲或喜，或是幸福或是不幸，上演的故事五花八门。但在现实世界里，我从来没有体验过这些。"

在幻想的世界里，我可以看到不同的事物，思考不同的人生，时而伤心流泪，时而开怀大笑。这种感觉很快乐，我的内心也得到了治愈。但我知道现实与幻境截然不同。故事拯救了我，带我逃离残酷的现实，来到一个温柔的世界。但幻想中的我只能止步于我的脑中，而现实中的我可以随心所欲地去往任何地方。

"所以这样没办法写小说吗？"

"还是等经历变得丰富一些比较好吧。我应该等那时候再动笔。"

"欸？可是，年轻时的情感更丰富，更能写出精彩的故事吧。"

"如果有感情这样的东西的话，我也想体验一下，当然是现实世界的。"

听完我的话，仓桥先生耸了耸肩。

"真是抱歉哪，浪费了你的时间，给你造成了损失。"

"没有浪费呀。虽然故事没写出来，但怎么说呢。"

怎么说呢……虽然什么也没做、什么也没写。但我确切地感受到，某样从未有过的东西正在我体内逐渐成形。我难以启齿似的说道："至少交到了朋友，也挺好。"

仓桥先生反问道："朋友？"

"是吗？大原小姐，你挺了解我的嘛。了解对方，才能算是你口中的真正的朋友对吧。"

"是呀。"

"你有需要或者有困难的时候，我也会帮助你的。如果你哪天被车撞了或者肚子痛住院了，尽管打电话给我，我会飞奔过来的。"

"这种时候我会叫家人过来，不麻烦你了。"

"那你认为什么时候会需要我的帮助？"

"什么时候哇……比如……"

我需要朋友帮助的是一些更具体、更现实的事情。

"比如，去食堂吃中饭的时候，平时我一个人也没什么，但有时周围都是熟人，大家旁边都带着一个朋友，我觉得自己一个人很尴尬，这时候我希望你能来跟我搭个话。或者我半夜突然害怕，打开手机通信录，发现没有朋友可以联系，这时候我希望可以给你打电话倾诉。"

我列举出了我认为需要朋友帮助的情况。仓桥先生却一脸难以置信地问："就这些？"

"嗯，算是吧。"

"这些我擅长啊，跟女生吃中饭，在电话里闲聊就行对吧？"

"是吧。"

"有需要立马告诉我，我会火速赶来的。"

立马，火速……虽然说这种话的人并不可信，但我已经能想象仓桥先生飞奔过来的样子。

"那我先回去了。"

我走出玄关，低头行了个礼。仓桥先生也挥了挥手。

"嗯，下次再见。"

眼下刚过六点，五月底的傍晚阳光依然耀眼。走下楼梯前，我回头看了看，仓桥先生还站在那里朝我挥手。这时候该怎么做呢？我也试着举起右手，在脑中确认了一遍动作后，微笑着挥了挥手。

我还是没能写出充满真实感的小说。很遗憾，在二十岁的我眼里，世界是那样耀眼。

穿过阴云花季

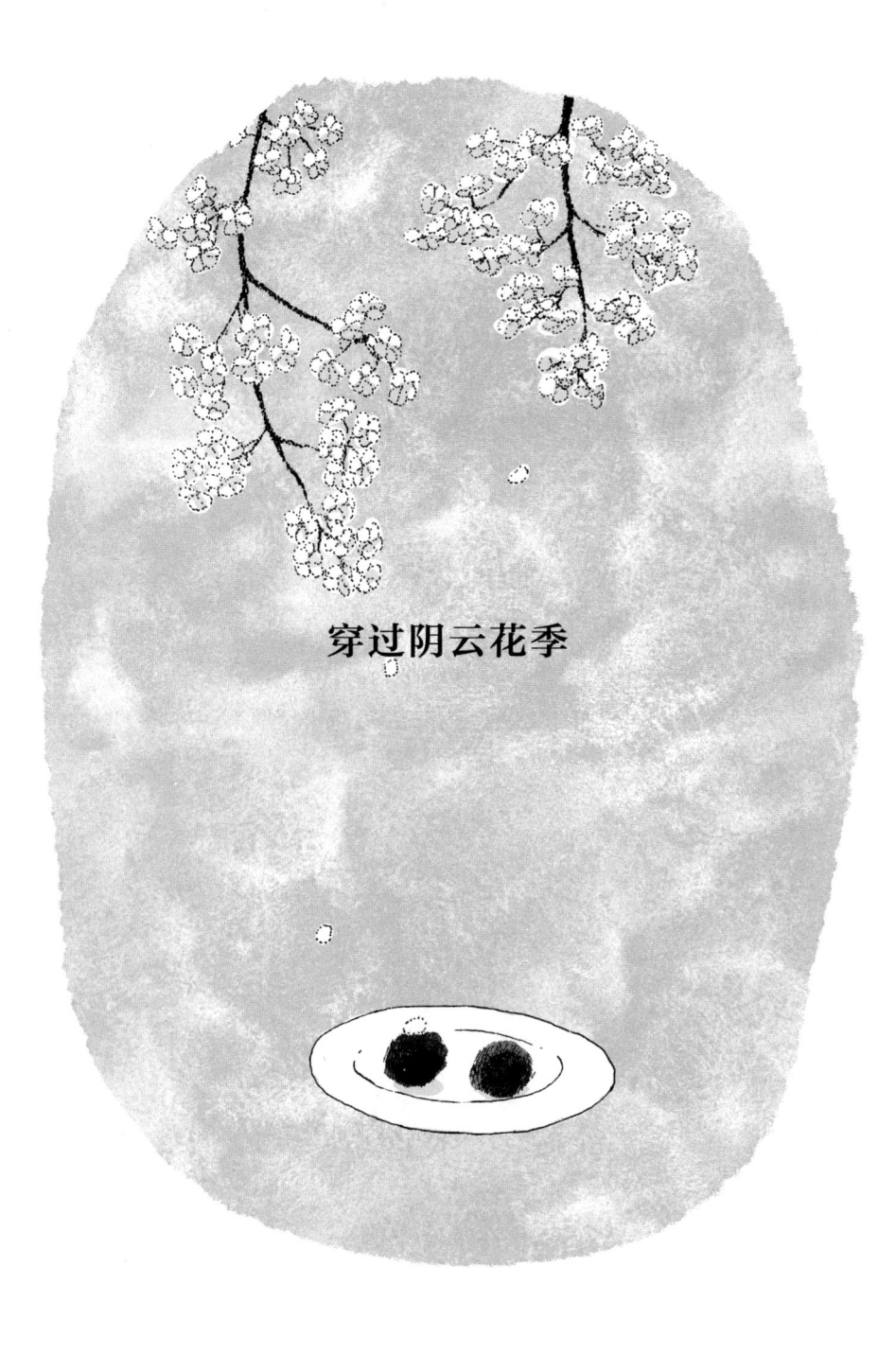

"怎么啦?又苦着一张脸。"

吃早餐的时候,奶奶边把味噌汤、鲑鱼烧之类的菜摆到桌上边问道。

"我胃痛。"我捂着肚子说道。奶奶见状,笑着说:"那不是胃,是肠子吧。"

小学毕业后,我搬去了奶奶家住。因为爸爸工作调动频繁,找新房子太浪费,所以就搬来跟奶奶同住了。爸爸妈妈每天很早就要出去工作,白天家里只有我和奶奶。

"明生,你应该早就习惯转校了吧。而且,今天刚好是初中新生开学的日子,应该很轻松才是呀。"

"说是新生开学,其实大家都是小学升上来的同学吧,哪有你说的那么轻松。"

"要这么说的话,那奶奶也一样啊。前阵子本来以为熬过拼布手艺展览会就行,结果下下周还要参加草裙舞汇报表演。真是难题一个接一个地来。"

奶奶说完,大口大口地喝起了味噌汤。

小学两次,再加上这次,我总共转了三次校。每次都以"爸爸工作调动"为借口,我好不容易习惯了一个地方,交到了合得来的朋友,结果没多久又要分开。我们小孩子也经常要被迫面对许多难题。要是把这些跟作为兴趣爱好的拼布手艺和草裙舞相提并论,那我可要伤脑筋了。

"吃饭的时候不能说话,肚子痛的话,吃点梅干就好了。"

奶奶在我的盘子里放了颗梅干,接着起身收拾起餐具。扭伤、头痛、肚子痛……不管哪里不舒服,奶奶都说吃梅干就能好。

我小声说了句"早上好",走进了教室。同学也跟着低声寒暄了一句。距离初中开学已经过去三个星期,我还没有交到朋友。小学的时候也是,那时候交朋友明明更简单,可对我来说还是困难重重。

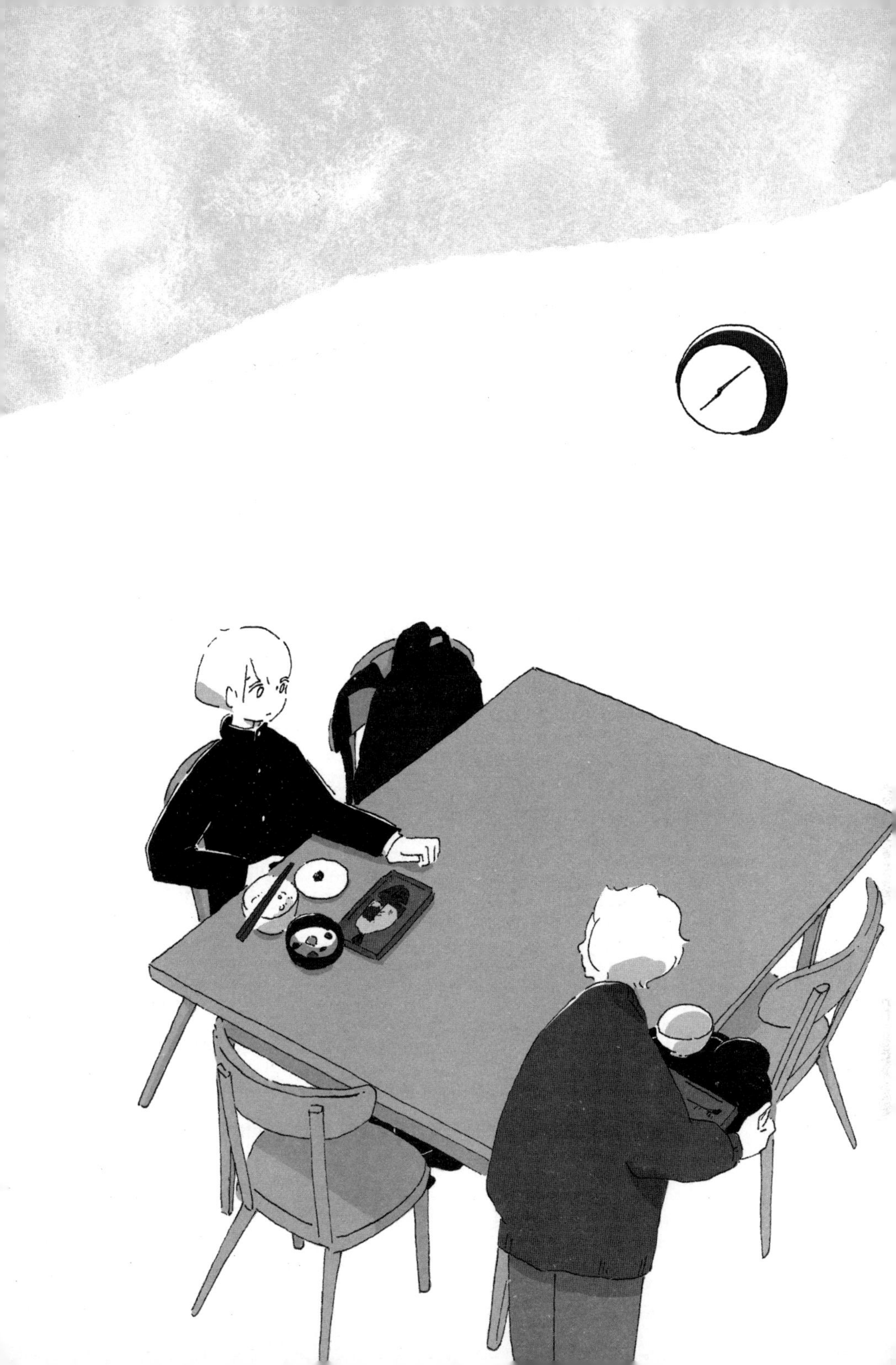

"今天又是阴天呢。我爷爷说现在是'阴云花季'①，没想到四月的天气总是那么糟糕。"

我刚坐到位置上，旁边的川口同学便开始向我搭起话来。川口同学每天早上都会趁老师来之前找我聊天。但我每次都接不上话。

"啊，嗯，是呀。"

对话就这样被我终结。我们都觉得有些尴尬，只能扭头看向窗外。

等过了一会儿，我才后知后觉地反应过来，也许我应该说"这样樱花会全部凋谢吧"，或者问上一句"什么是'阴云花季'"。我朝昏暗朦胧的天空无奈地吐了口气。

"这边这边，传球。"

因为室外下着绵绵细雨，今天的体育课只能打篮球。跟关系还不熟络的同学组队比赛是一件很艰难的事情，但好在我擅长篮球。今天应该会是愉快

---

① 译注：日本樱花盛开的时节多雨多雾，有一种春天特有的浪漫朦胧的氛围，故而人们将这段时间称为"阴云花季"。

的一天。我灵活地改变走位，成功地拦截了对手的球，现场顿时传来热烈的欢呼声。机会来了，我沉住气，边运球边观察周围的情况。对手都挤在篮筐下，靠左边的山崎同学前面没人。就他了，我看准目标，把球投了过去。本来是很精准的传球，山崎同学却用手挡了一下，球落到了地上。难得的一点快乐就这样溜走了。

明天要参加野外学习，我向奶奶要零花钱买零食的时候，她羡慕地说："小孩子就是好哇，虽然懵懵懂懂的，但每天都有很多事情可以做。"

我拿着奶奶给的零花钱，小声嘀咕道："我又不想去……"

"我去买零食了。"

"车站前新开了一家超市，那里的比较便宜哦。"

今天放学后，几个男生在叽叽喳喳地聊着天。我有几次机会可以插话说"我也跟你们一起去"，但我还是没能说出口。自开学以来，这种情况不知道上演过多少次，慢慢地，我也变得越来越难融入集体。

"去吧,路上小心哦。"

奶奶目送我出门后,边查看地区文化教室的通知边自言自语道:"大人在家里等着也无聊,找点事情干吧。接下来做点什么好呢。"

超市可能会有同学,为避免跟他们碰到,我特意去了车站对面的点心铺。戴眼镜的老爷爷用沙哑的声音对我说了声"欢迎光临"。我低头回了声"你好",开始自顾自地挑起了零食。也只有这种时候,我才会想着买点方便跟大家交换的东西,想来真是丢人。

"这里也有卖呀。"

在购物篮放了少许零食后,我无意间发现了一样熟悉的东西,连忙拿了起来。是我小时候经常吃的硬梅干。因为爸爸很喜欢吃,受他的影响,我从幼儿园时期起便喜欢吃梅干。周围人都很诧异,没想到我喜欢吃那么酸的东西。但是,不是每个人都喜欢吃这个吧。想到这里,我决定把它放回货架。就在这时,耳边传来了熟悉的说话声。

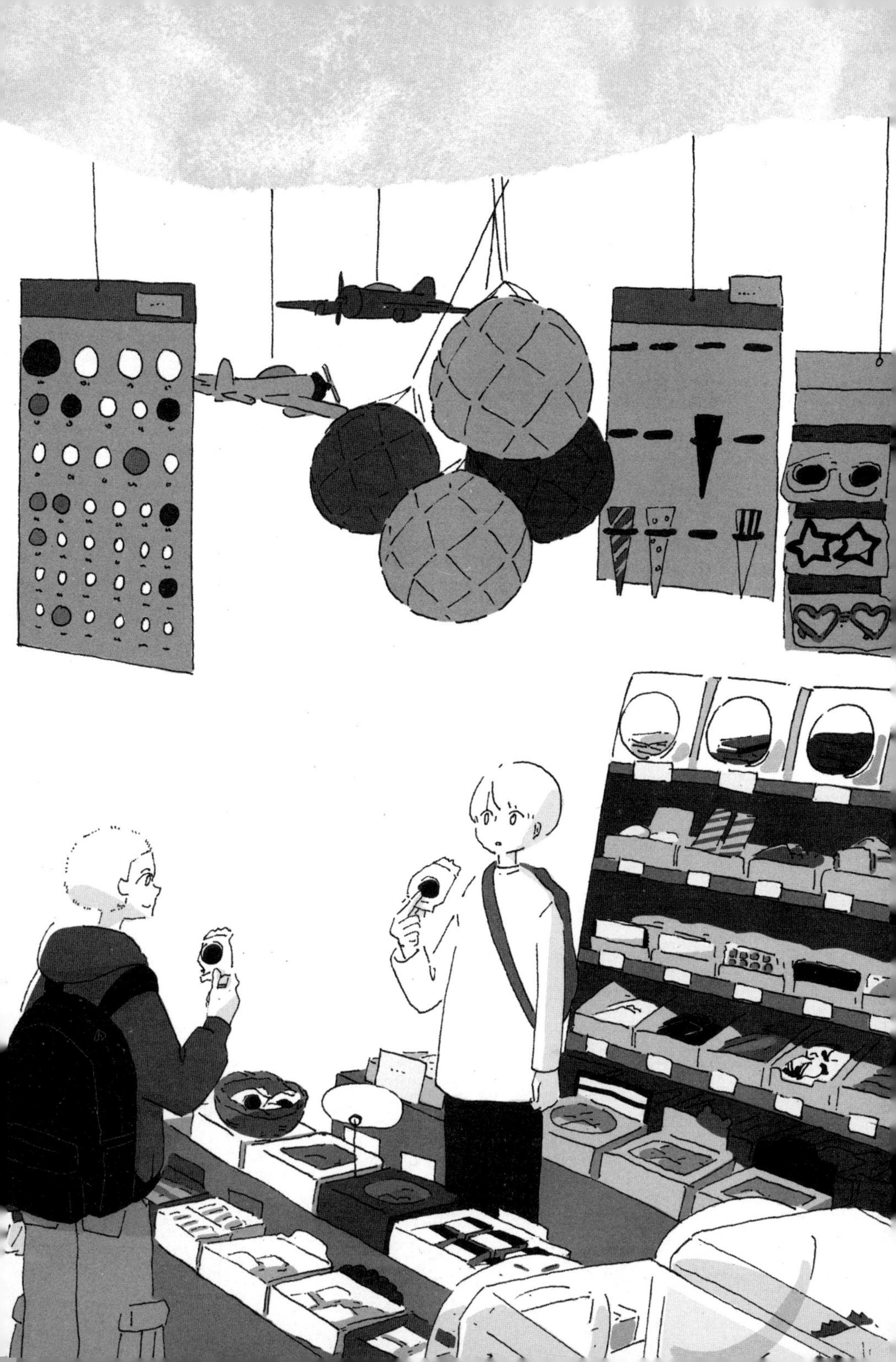

"哇，我也想买那个来着。"

是每天早晨都会听到的声音。我扭头一看，发现川口同学也来到了店里。

"宫下同学，你也喜欢这种梅干零食呀！"

我点头，回答："就是味道很酸。"

"是呀，非常酸，但因为我爷爷喜欢，所以我也经常吃。"

"我也从小爱吃。"

"这样啊。"

"嗯，是的。"

"这样啊。"

即便在教室以外的地方遇见，我们的对话也依然磕磕绊绊。

"那个……明天要参加野外学习，要不带这个去吧。"

为了消除双方之间的尴尬，我故意选了一个零食放进购物篮。

"啊，我也要。累了的时候吃梅子最合适了。"

川口同学也伸手拿了几个。

我们的交流依然那么笨拙。走出商店，室外依旧是熟悉的阴天。但我手里的袋子里放着我最爱的梅干。